Dan Tsalka

Der Sohn des Rabbi Abraham

Ein Roman
aus dem Mittelalter

Aus dem Hebräischen von
Vera Loos und
Naomi Nir-Bleimling

Bleicher Verlag

Die Originalausgabe erschien 1994 unter dem Titel »Ananim«
auf hebräisch im Verlag Zmora Bitan, Tel Aviv

Die Deutsche Bibliothek – CIP-Einheitsaufnahme

Ṣalqā, Dān:
Der Sohn des Rabbi Abraham : ein Roman aus dem Mittelalter /
Dan Tsalka. Aus dem Hebr. von Vera Loos und Naomi Nir-Bleimling.
– 1. Aufl. – Gerlingen : Bleicher, 1997
ISBN 3-88350-735-0

Umschlag: Buchgestaltung Reichert, Stuttgart, unter Verwendung
einer Illustration der Erna Michael Haggadah (Rheinland, um 1400),
© The Israel Museum
Gesamtherstellung: Wilhelm Röck, Weinsberg
ISBN 3-88350-735-0

Der Sohn des Rabbi Abraham

1

Seit Menschengedenken galt die Stadt Mohn als Perle des Reichsfürstentums Hessen, so anmutig waren ihre Häuser und so schnell und heiter floß der Fluß, der sie von Ost nach West durchquerte. Die graziöse Kirche trug den Namen des heiligen Michael und barg ein großes Standbild des Engels, der den Drachen bezwang und die Seelenwaage hielt. Diese Kirche und der große Markt – das Marktrecht besaß die Stadt schon seit der Mitte des 13. Jahrhunderts – waren im ganzen Land wohl bekannt. Das östliche Tor der Stadtmauer wies eine alte, in weißen Marmor gemeißelte lateinische Inschrift auf: *Facite iustitiam et dabo pacem in finibus vestris* – Lasset Gerechtigkeit walten, und ich werde Eurer Gemeinde Frieden gewähren. Am Westtor prangte ein noch älterer Spruch, der in den ädrigen, an Schattierungen reichen Marmor eingelassen war: *Pax in hac civitate et in omnibus abitantibus in ea* – Friede dieser Stadt und allen ihren Bewohnern. Das Stadtwappen war nicht minder berühmt: Die Flügel einer Windmühle und ein Weihrauchfaß schienen zu beiden Seiten eines Hügels zu wachsen, der mit kleinen Flecken, wie Samen schwarzer Erbsen, übersät war.

Unweit der Stadt, im Dickicht eines steinigen Unterholzes, ragten drei mächtige Felsbrocken in die Höhe, die in der Abenddämmerung das Herz eines jeden Reiters oder Wandersmannes, der des Weges kam, in der Brust erbeben ließen. Worte waren in fremdartigen Lettern tief in die Felsen gehauen. Auf einem der Steine, der wie ein auf die Hintertatzen aufgerichteter Bär aussah, fand man zuweilen

Blut. Geschichten über die Wilden, die Waldbewohner, die zu den Bären beteten wie zu Göttern, schreckten den Schlaf der Kinder des umliegenden Landes.

Parallel zur alten Stadtmauer, vom Marktplatz bis zum Westtor, wand sich die Judengasse, die auch »die Düstere« genannt wurde; ein recht kurzes Sträßlein, denn die Juden von Mohn waren gering an der Zahl. Es lebten dort nicht mehr als dreißig Familien. Sie waren angehalten, besondere Kleidung zu tragen, genügsam ein paar lästige Verbote zu achten und demütig einen in ihre Scheiben geschleuderten Stein hinzunehmen, wodurch sie sich indes nicht sonderlich in ihrer Ruhe gestört fühlten, da sie ohnehin unter sich zu leben geruhten.

Die Juden in Mohn und um Mohn herum gingen maßgeblich dem Pferdehandel nach. Doch auch ihre Webereien florierten. Überdies war ein Kaufmann unter ihnen, der einst, einen kleinen, mit Waren bepackten Esel hinter sich herführend, in die Welt gezogen war. Seit vielen Jahren mangelte es ihm jedoch an Mut, Mohn den Rücken zuzukehren, denn jenseits der Mauern tobte der Kampf. Die Wege waren von Söldnern belagert und von Leichen sowie Pferde- und Hundekadavern gesäumt, und das Leben des Reisenden hing von der Willkür von Trunkenbolden und grobem Pack ab.

Der Tod lauerte allenthalben. Schlug man einen friedlichen Weg ein, konnte man gewiß sein, daß rechts und links hinter den Bäumen etwas Schauriges, Grausiges lauerte. Die Drachen, die Lindwürmer, die Falken mit den mörderischen Krallen und die übrigen Bestien, die die Banner und Schilder der Ritter zieren, schienen leibhaftig von den Hügeln und aus den Höhlen über ihre Opfer herzufallen, sie zu reißen und zu verschlingen. Darum verwahrte der jüdische Kaufmann die Handelsermächtigung für Wolle und Leder, die man ihm erteilt hatte (eine reichlich mit Ornamenten verzierte Pergamentrolle), in einer Lade seiner Truhe, tief unter Schnupftüchern und wohlriechenden Kräutern.

Am Ende der Gasse, jener »Düsteren«, nahe der Stadtmauer, unterhielten die Juden eine kleine, bescheidene Synagoge. Nur der Thoraschrein, in dessen Eckpfeiler ein Meister aus Fulda Löwen aus dem Holz eines alten Birnbaumes geschnitzt hatte – prachtvolle Tiere, die in provozierender Ausgelassenheit ihre Zungen aus den Mäulern herausstreckten –, verlieh dem kleinen Bauwerk einen Anflug von Schönheit und ein Fünkchen Herrlichkeit.

In der Gasse wohnte ein Mann, dessen Wort sich die Juden von Mohn beugten: Rabbi Abraham ben Asriel Brandin. Obgleich dieser Rabbiner in einer solch kleinen Stadt wie Mohn lebte, reichte sein Ruf weit über die Grenzen hinaus, so daß man sich aus allen Landesteilen Hessens und aus den angrenzenden Grafschaften mit Bitten um Rechtsentscheidung an ihn wandte.

Rabbi Abraham hatte drei Bücher verfaßt: »Das Schild Abrahams«, »Der Bund Abrahams« und »Der Baum Abrahams«. Auch hatte er den Pentateuch kommentiert, sowie die kleinen Traktate »Proselyten« und »Sprüche der Väter«, welche von Kopisten in Schönschrift abgeschrieben worden waren. Diese hatten die Namen der Tannaiten*, ihre verlegenen Phrasen, ihre verblüffend einfältigen Verse und ihre Seufzer der Erleichterung darüber, daß es ihnen vergönnt war, ihre bis zum Ende aller Tage ruhmreiche Arbeit abzuschließen, in ihre eigenwilligen Kolophone** eingeschlossen.

---

* Lehrer der mündlichen Religionsvorschriften (sämtliche Anmerkungen von den Übersetzerinnen)

** Schlußformel mittelalterlicher Handschriften mit Angaben über den Verfasser

Rabbi Abraham genoß bei seinen Anhängern Ansehen als Schreiber und Kommentator von Pijutim und hatte drei solcher Gebetsliturgien in aramäischer Sprache gereimt. Noch bevor er die Vierzig erreicht hatte, pflegte man das Wort auf eine Weise an ihn zu richten, die ihn demütig und gottesfürchtig werden ließ und ihm das Blut in die Wangen trieb: Unser Odem, unter dessen Schutz zu weilen uns vergönnt ist ... Gelehrter der Thora, auf dem die Augen des Volkes Israel ruhen ... Rabbi Abraham nahm Judith aus Fulda zur Frau, einer Stadt, welche zu den bedeutsamsten des Landes zählte.

Plötzlich tat sich etwas in der kleinen Stadt. Im Jahr 1431 (in eben jenem Monat Mai, womöglich gar am selbigen Mittwoch nach dem Dreifaltigkeitssonntag, als Jeanne d'Arc im fernen Rouen auf einem von achthundert Landsknechten umringten Scheiterhaufen – wie ein Wehrturm so hoch – lichterloh brannte) begab es sich, daß ein neuer Priester in die Stadt zog: Pater Melchior. Mit ihm reiste sein Bruder Bernold, ein Dominikanermönch, der in Mohn seinen Weg nach Norden unterbrach, wo er zwei seiner Sinnesgenossen zu treffen hoffte, die mit ihm an der Sorbonne der Lehre des ruhmreichen Gerson gefolgt waren. Bruder Bernold gedachte mit Unterstützung dieser beiden Freunde Abhandlungen gegen geheime, verborgene Häresien abzufassen, die nicht weniger gefährlich waren als offenkundige Ketzerei.

Seit Generationen hatte man den Bürgern der Stadt nicht so feurige Predigten gehalten, wie sie dem anklagenden Mund Pater Melchiors, des neuen Priesters, entsprangen. Erst prangerte er die unzüchtige Kleidung der Frauen der Gemeinde an, dann das derbe, lüsterne Gegrunze auf den Märkten und in den Schenken. Die Schenken, so kreischte er, sind die Kirchen des Antichristen. Dort trinken sie auf sein Wohl, huldigen ihm und lesen ihm Messen. Hierauf beklagte er die sündige Arglosigkeit der Bürger, die sich als unfähig erwiesen hatten, die Plage der Götzenanbeter aus der Welt zu schaffen, welche in Vollmondnächten im felsigen Gestrüpp, bei den Steinen des Abschaums, beharrlich den Dämonen opferten.

Wollt ihr zu ihrem abscheulichen Mahl geladen werden? Wollt ihr aus dem Kelch der Dämonen oder aus dem Kelch des Höchsten trinken? Wollt ihr am Tische des Herrn sitzen oder mit den Mächten der Finsternis tafeln? Ihr Sündigen! Sünder! gellte der neue Priester und reckte seine Hände hoch über die Kanzel. Erkennet das entsetzliche Unheil, welches euch droht! Laßt uns die Stimmen zu einem geeinten Schrei erheben! Ein gemeinsamer Ruf zur Besinnung! Die Zeit ist gekommen, geiferte er, die Wettische und die Spielkarten in Brand zu stecken! Die Würfel in Rosenkränze zu verwandeln! Und ihr, ihr Weiber von Mohn, werft euren Putz, eure Spitzen und eure Walknochen, die die Augen der törichten Männer trügen, in jene reinigende Feuersbrunst! Schüttet eure Herzen vor unserem Schöpfer aus, legt ihm Zeugnis ab von euren Taten! Gütiger Gott! Euch droht große Not! Tiefe Nacht legt sich auf euer Mohn! Euren Schafen laßt ihr mehr Fürsorge angedeihen als euren Seelen. Welch abtrünnige Herde ihr seid! Fürchtet die Zeit, in der es den Hirten nicht länger nach seiner Herde verlangt, wenn Seuchen und Kriege Euch dahinraffen!

Wieder und wieder, Woche für Woche hetzte er gegen die Juden, die Mörder des Erlösers. Er sprach in Andeutungen von den Juden Mohns und nannte sie schließlich beim Namen, allen voran Rabbi Abraham.

Eine beträchtliche Bürgerschar ließ sich von den Worten Pater Melchiors in den Bann ziehen. Die Juden, wetterte dieser mit dröhnendem Organ, sind wie Menschen, die ihre Ohren mit Wachs verschließen, um die Stimme der Wahrheit nicht zu hören. Um ihre Seelen zu erlösen, muß man sie zwingen, St. Michael aufzusuchen, damit sie den Gebeten folgen und den Predigten lauschen, die just für ihre Ohren bestimmt sind. Jeder gebildete Mensch weiß, daß ein altes Volk wie das der Hebräer, das mit dem Allmächtigen war, wahrhaftig das Licht sehen wird, wenn man ihm nur ein wenig nachhilft und seine Ohren vom Schmalz der Ketzerei befreit. Solange die Juden sich jedoch verweigern, solange sie ihre Augen vor dem Licht des Messias verschließen und die Worte des Heilands nicht hören, so hütet euch davor, euch mit ihnen zu verbünden. Wehe dem, der ihren Reihen zu nahe tritt!

Bernold, der Bruder des neuen Priesters, der Dominikaner, der der gebildetste Mensch war, der je seinen Fuß in das Städtchen gesetzt hatte und in dessen Klosterbibliothek prachtvolle Handschriften – herrlich wie das Geschmeide der lebendigen Vergangenheit – in tiefem Schlafe ruhten (welche Ehrfurcht erweckt doch die göttliche Gnade, die auf die wenigen Auserwählten strahlt, und wieviel verlangt sie ihnen ab!), übertraf mit seinen Tiraden noch den Bruder. Neben Melchiors Worten, die glühend waren wie geschmiedetes Eisen, waren die Worte Bernolds wie eisige Messer, scharf und durchsichtig, dazu voll herzzerreißender Trauer.

Dies war kein gewöhnlicher Kampf gegen Häretiker! Bruder Bernold wußte nur allzu gut um den entsetzlicheren, gewaltigeren Krieg, der in den Seelen der Christen tobte. Wer würde den Sieg davontragen im Gefecht der Gefechte – um die Erlösung der Menschheit? Würden es jene sein, die Wyclif oder Hus folgten und in Wahrheit nichts anderes waren, als die Anhänger des Johannes Scotus Eriugena, welcher mehr als es sich geziemt vom goldenen Becher Babylons getrunken hatte? Oder jene, die Gott mit den nötigen Prinzipien ausstatteten, um in ihm die höchste

Freiheit zu beschränken? Oder würden diejenigen obsiegen, die – wie sein bedeutender Lehrer Jean Gerson, der Professor der Sorbonne und ihr Kanzler – behaupteten, der Allmächtige beharre auf bestimmten Taten, nicht weil diese gut seien, sondern vielmehr seien diese Taten gut, weil es Gottes Wille sei? Wer würde die Oberhand gewinnen? Wenn er an seinen hochverehrten Lehrer dachte, fielen Bernold die Glückstränen ein, die sein Gesicht benetzten, als er zum ersten Mal die Windmühlen und die Kirchturmspitzen von Paris gesehen hatte.

Bekümmert und erschüttert pflegte Bruder Bernold den Leuten von Mohn einzureden, daß auch die Juden dieser Stadt – wie alle Juden, wo immer sie sich auch aufhalten mochten – den mörderischen, ketzerischen Hussiten (welche an Bosheit ihresgleichen suchten) mit Geld und Verrat von Geheimnissen zur Seite stünden. Die Hussiten, diese Männer von Sodom, dieses Volk von Gomorrha, hätten sich geschworen, Kirchen und Klöster dem Erdboden gleichzumachen und Bücher zu verbrennen, die nicht mit Gold aufzuwiegen seien, Kreuze, Kelche und Weihrauchfässer zu Gold und Silber zu schmelzen und ihre Beute für Trunksucht und Fleischeslust zu verprassen. Die Abteien, die bis in die entlegensten Winkel des Landes Segen gebracht hatten und aus deren Fenstern unaufhörlich, bei Tag und bei Nacht, selbst in Zeiten der Pest, Pönitentien und Laudes* gedrungen waren, diese heiligen Klöster seien verstummt. Von ihnen sei nichts geblieben als steinerne, hölzerne Wunden.

O ihr Verräterbrut! kreischte Bruder Bernold. Seine Augen funkelten, seine Lippen brannten wie Feuer. Verdammt sollt ihr sein! Die Juden von Mohn, sagte er, haben

* Buß- und Lobgesänge

den Hussiten Pferde überlassen, die sie vor ihre Holzkarren spannen und aus denen sie wie die Feiglinge kämpfen, denn ohne ihre Wagenburgen könnten sie vor den Lanzen und Schwertern der Landsknechte nicht bestehen. Und der König von Böhmen, jener Wenzel, der sich in Fressen und Saufen suhlte wie ein Schwein in seinem eigenen Dreck, war er etwa nicht der Schüler eines vermaledeiten jüdischen Rabbiners mit Namen Abigdor Kara, was in der Sprache der Hebräer *Brunnenvergifter* bedeutet?

Obgleich es in der Stadt Mohn Menschen gab, die wußten, daß die Predigten Pater Melchiors und die Flüstertöne seines Dominikanerbruders im Widerspruch zur Judenordnung des Kaisers Sigismund standen, derzufolge seine Untertanen Leib und Gut von Juden schützen sollten, und obwohl es Bürger gab, denen gleichermaßen bewußt war, daß das Gesagte auch dem Gesuch seiner Heiligkeit des Papstes Martin widersprach, hüllte man sich in Schweigen. Man erinnerte sich zwar noch, wie Sigismund in seinen besten Jahren gewesen war, als er seine Mitmenschen um Haupteslänge überragte – schlank wie ein Schwert, mit Augen, die vor Genuß an der Macht sprühten –, doch es war kein Geheimnis, daß er nun krank und kraftlos war.

Der Heilige Vater Martin war aber in den frostigen Februartagen dahingeschieden, und wer wußte in dieser Angelegenheit der Juden schon um das Gebot des neuen Papstes Eugenius, jenes Augustinischen Einsiedlers und Mönchs, der an die Strenge der Klause gewohnt war?

Es war fernerhin nur allzu bekannt, daß die in der Gegend gezüchteten Pferde vielmehr gerade an jenen Friedrich, den Markgrafen von Brandenburg, verkauft wurden, der gegen die Hussiten zu Feld gezogen war und an dessen Seite der Gesandte des Pontifex Maximus, der Gelehrte Giuliano Cesarini, ritt. Man wunderte sich, daß die Gegenwart jenes

Giuliano Cesarini weder die raschen Rückzüge noch die Niederlage des Markgrafen verhindern konnte, denn er war Römer, ein Nachfahre einer alten Familie, wie es keine mächtigere auf Erden gab, ein Abkömmling des Julianischen Geschlechts aus dem Hause Julius Cäsars. Sein Familienwappen zeigte den an den Mast der Colonna gefesselten Bären der Orsini, über den sich der Cäsarenadler beugte. Auch war es in jenen Tagen keine geringe Auszeichnung, als Begleiter der Heeresführer zum Gesandten des Papstes ernannt zu werden. Tatsächlich sollte Giuliano im folgenden Jahrzehnt in der furchtbaren Schlacht von Warna fallen, deren Schüsse wie das Requiem für das tausendjährige Byzanz klangen.

2

Obgleich der Pfaffe ein grandioser Prediger war, hätte er die friedlichen Bürger von Mohn, deren Frauen weit über die Grenzen des Reichsfürstentums für die schönen Hüllen aus Samt und Muschelseide, die sie für die Gebetbücher nähten, bekannt waren, vielleicht nicht auf seine Seite ziehen können, wenn sich nicht etwas Grauenvolles zugetragen hätte: Ein Mädchen, die Tochter eines Bäckers, verschwand plötzlich und blieb unauffindbar.

Wenn auch widerwillig, so kamen die Bürger schließlich doch der Forderung des Priesters nach, den Juden zu verbieten, ihre Häuser an Sonntagen zu verlassen, damit sie die Gebete der Christen nicht störten und den Feiertag nicht entweihten; doch über dieses Verbot hinaus war man nicht bereit, weiteren Aufrufen zur Judenverfolgung nachzukommen.

Bis zum Passahfest. Ein jeder kannte die Gerüchte von dem furchtbaren Brauch der Juden, ein Christenkind zu opfern, um dessen Blut unter die Matze zu mischen, die sie in Erinnerung an jenes Passahfest des Verrates und Blutes buken, als sie den Erlöser auf seinen Leidensweg schickten und zum Tod verurteilten. Es war die Zeit, als die Bürger der Stadt Köln die Mitglieder der alten jüdischen Gemeinde vertrieben und als man die Juden in den südlichen Städten Ravensburg, Überlingen und Lindau unter der Anklage des Ritualmordes auf die Scheiterhaufen führte.

So geschah es also, daß an jenem Tag, als die gesamte Gemeinde vom Gebet aus der Kirche St. Michael trat, ein Stallbursche erschien, der wie vom Teufel besessen vor die Herde der Gläubigen rannte und das blutbefleckte Kleid des Mädchens über seine Arme gebreitet hatte, das er auf dem Heuboden der großen Scheune neben dem Westtor gefunden hatte. Nicht mehr als fünfzig Schritte trennten den Kirchplatz von der Judengasse. Die tosende Menge wurde von Pastor Melchior angeführt, der in äußerster Erregung vorwärts wankte. An seiner Seite sein Bruder, der Dominikanermönch. Der war es auch, der als erster eine brennende Fackel durch das Fenster in ein Haus schleuderte. Andere sagten, der Kerzengießer sei es gewesen. Die ganze Nacht lang währten die Plünderungen. Am Morgen des nächsten Tages gab es in der ganzen Stadt keinen einzigen freien Juden mehr. Diejenigen, welche man nicht auf der Gasse erschlagen oder in ihren Häusern verbrannt hatte, waren eingekerkert, und in den Herzen der Bewohner Mohns herrschte keinerlei Zweifel, daß die Juden ihren Frevel mit dem Tod büßen mußten.

Ein einziger Knabe wurde errettet – der Sohn des Rabbi Abraham, Huna Ilai. Dies war der Name, den ihm sein Vater aufgrund seiner Verehrung der babylonischen Amoräer* gegeben hatte, nachdem er zwischen zwei weiteren Namen, Chisda und Rabba, gezaudert hatte. Zu guter Letzt war die Wahl auf Huna, der Weise, gefallen, und nicht auf Chisda, der Reiche, und auch nicht auf Rabba, der Bescheidene. Ilai war indes der Name, der in der Familie des Rabbi von Generation zu Generation weitergegeben wurde. Dieser Knabe entkam durch einen altertümlichen Wassertunnel, aus dem man vor Jahr und Tag einen randvoll mit Münzen gefüllten Krug gefördert hatte, den die Brustbilder von zwanzig römischen Kaisern zierten.

Als Huna Ilai die Fackel erblickte, die aufs Bett seiner Eltern geschleudert worden war, wurde er von einer solchen Angst gepackt, wie er sie nur aus Alpträumen kannte, aus der eisigen Berührung der Monstren, die ihn in seiner frühen Kindheit gepeinigt hatten. Doch nun war die Furcht noch grauenerregender. Den dicken Mauern der Küche, in der die Familie sich versteckt hielt, näherte sich unaufhaltsam der Menschenstrom; die Stimmen, das Stapfen von Füßen, unbestimmte Schläge gegen das Mauerwerk, dergleichen er nie zuvor gehört hatte, zwängten sich durch die Fenstergitter: Stimmen, die kamen und gingen, kamen und gingen, wie Dämonen, die sich um den Zauberkreis drehten. Aber kein Zauber hätte die Geister, die hier am Werk waren, aufgehalten. Huna Ilais Stirn wurde abwechselnd kalt und heiß, die Küche verwandelte sich, die Luft darin flimmerte, der Wasserbecher, nach dem er die Hand ausstreckte, stand weiter weg, als er ihn vermutet hatte, so daß er ihm entglitt. Wie von starker Hand geschoben, rollte der Becher unter

* Talmudgelehrte

den Tisch. Huna Ilai wurde von absonderlicher Hast gepackt, seine Hände und Beine zitterten, sein Herz pochte noch heftiger, als ob er das Nahen des entscheidenden Augenblicks, des entsetzlichen Moments der Gnade oder Ungnade, beschleunigen wollte.

Er hatte nicht geahnt, daß Angst so gewaltig sein konnte. Im Fenster gegenüber, im Oberlicht dicht beim Gesims, sah er die beiden Beulen auf der Stirn des Holzfällers, den die Bewohner von Mohn in ihre Häuser riefen, damit er ihnen Brennholz für den Winter machte. Ein Rauschen, ein Tosen und ein Stimmengewirr erhoben sich aus allen Himmelsrichtungen wie das Brüllen des Viehs auf dem Markt, und der Wind pfiff schneidend und gellend durch den Kamin des alten Herdes, dessen man sich seit eh und je nicht mehr bediente und in dem die Schwalben ihre Nester bauten. Der Geruch schwelenden Laubes, durchsetzt mit kochendem Pech, stieg durch Fenster und Türen. Das Pfeifen rief in Huna Ilais Erinnerung Gruselgeschichten von Räubern und Mördern wach, die in mondleeren Nächten daherschleichen, um ihren Opfern die Kehlen durchzuschneiden.

Seine Furcht wuchs. Durch die Nebel der Angst sah er Zweige wie Pechschlieren. Es waren die dünnen, krummen Äste der Akazie, die zwischen dem Mauerwerk in der Nähe des Hauses wuchs. Die hohe, ach so gewaltige Mauer schützte die Juden weder bei Tag noch bei Nacht, denn der Feind war diesmal nicht von außen gekommen, um sie mit Leitern zu erstürmen oder mit Holzrampen zu bezwingen (Huna Ilai hatte oftmals von einer langwährenden Belagerung und dem Sieg der Bürger von Mohn geträumt); die Mauer war nichts weiter als eine Falle, eine Kerkermauer, die nichts als große Furcht und schreckliche Schande brachte.

Doch da ließ sein Zittern nach, jedwede Regung und jegliche Spannung legten sich. Er saß erstarrt, in ungekannter

Lähmung, in großer Stille. Auch sein Vater und seine Mutter saßen wie er in der Ecke des Raumes, genauso still. So sehr er es vermochte, preßte sich Huna Ilai in den Schoß der Mutter, hielt die Hand des Vaters und stemmte sich gegen die Wand, als versuchte er, sich in sie hineinzudrücken. Er fühlte Ersticken, Ohnmacht, das Nahen des Nichts. Die Kraft wich aus seinen Knien, seinem Bauch und seiner Brust. Die Reste der Glut verglommen und erloschen, als die Abenddämmerung hereinbrach. Etwas Riesenhaftes schlich zuckend um das Haus. Alsbald ward die dicke Holztür aufgebrochen. Ein aufgerissener Mund, wirre Pupillen, Bierdünste. Kerzenwachs versengte Huna Ilai den Arm. Gewaltsam wurde er gegen das Fenster geschleudert. Ein Stöhnen, ein verzweifelter Schrei drang an sein Ohr. Er sah den Kopf der Mutter und verlor das Bewußtsein.

Die Nachtluft stieg ihm in die Nase und war wie ein Schlag ins Gesicht. Die Hand seines Vaters umklammerte die seine und zog ihn durch die Finsternis des Gartens auf den niedrigen Zaun und den von Gräsern überwucherten Eingang des Stollens zu. An der Berührung der Hand erkannte Huna Ilai, daß sein Vater schwer verwundet war, so glühend war sie, so lodernd in seltsamem Feuer.

Der Vater befahl ihm, durch den Tunnel zu kriechen, bis er jenseits der Mauer wieder herauskommen würde, und beschwor ihn, sich weit weg von Mohn zu begeben und den Weg nach Hannover zu suchen. Dort, in der Synagoge der Stadt, sollte er nach dem Haus der Familie Brandin fragen. Beide, der Rabbiner und seine Frau Judith, waren Abkömmlinge dieser verzweigten Familie, von deren Vätern sich einer als Arzt des Barons García Pires de Tentugal, jenes furchtlosen Kämpfers, einen Namen gemacht hatte.

Der Junge wiederholte die Anweisungen mehrere Male, bis der Rabbiner sich überzeugt hatte, daß sein Sohn sie zur

Genüge begriffen hatte. Dann legte der Vater ein kleines Psalmenbuch in seine Hand, schrieb ein paar Zeilen auf die erste Seite, die von dem grauenvollen Tag in Mohn Zeugnis ablegten – Belagerung, Würgetal, der Tod seiner Gemahlin, die Seelenqual –, und fügte mit allmählich schwächer werdender Hand einige Rachezeilen aus dem berühmten Klagelied des Maharam* hinzu: Laß dein Schwert trunken werden von Blut ... Er beschwor seinen einzigen Sohn, weder an Vater noch Mutter zu denken, und triefend von Blut führte er den Jungen zu dem engen, finsteren Eingang des Tunnels. Dort vernahm Huna Ilai mit Staunen, wie ihm sein Vater, an dessen Mäßigung und ruhige Art er von Kindesbeinen an gewohnt war, befahl, nach jedem Schacharit, Mincha und Arwit** ein eigenes Gebet für den Sieg der heldenhaften Männer des Jan Hus über den Abschaum der fanatischen Katholiken, der Dominikaner und des Kaisers – mögen ihre Namen und die Erinnerung an sie gelöscht werden – aufzusagen.

Mögen die Kämpfer des Hus wie die Rute des Allmächtigen sein, die ohne Erbarmen jeden Wildesel, jeden Bock und alle wilden Säue trifft; mögen sie wie der Steinschlag und Schneesturm sein, die Tag und Nacht anhalten; mögen sie wie jene Feuersbrünste sein, die Pflanzungen und Wälder gierig verzehren; mögen sie wie die Sintflut sein, die kommt, um die ganze Welt von der Unreinheit der Schlange und der Hunde zu reinigen.

Doch der Himmel verfinsterte sich nicht, sagte Abraham ben Asriel Brandin zu seinem jungen Sohn, und die Sterne erloschen nicht, und es ward nicht finster, und das Licht schien über ihnen, und das Volk Israel glich einer Taube,

---

* »Unser Lehrer Rabbi Meir«, lebte im dreizehnten Jahrhundert in Rothenburg

** Morgen-, Nachmittag- und Abendgebet

wie es geschrieben steht: Deine Augen sind wie Taubenaugen – weil alles Federvieh zuckt, wenn es geschlachtet wird, nur die Taube nicht. Sie bietet ihren Hals dar und ertrinkt in den Fluten des Verderbens.

Huna Ilai hielt die Hand seines Vaters, bis dieser seine Seele ausgehaucht hatte. Dann kroch er in den alten Stollen. Dabei liefen ihm die Tränen, die von dem schwarzen Wasser verschluckt wurden.

Zwischen Mohn und Hannover liegt ein weiter Weg, und es bleibt ungewiß, ob der dreizehn Jahre alte Knabe sein Ziel wohlbehalten erreicht hätte, auch wenn er den Pentateuch und die großen Propheten auswendig kannte (bereits im Alter von sechs Jahren war er in der Lage gewesen, den Schöpfungsbericht aufzusagen). Doch der Sohn des Rabbi Abraham, des Verfassers von »Das Schild Abrahams«, kam nicht weit. Er erreichte das felsige Unterholz mit den drei wuchtigen, geheimnisvollen Steinen nahe der Stadt, als er die Aufmerksamkeit von zwei halbwüchsigen Stadtbewohnern hoch oben auf der Mauer erregte, die sich sogleich anschickten, ihm nachzustellen. Der eine schwang eine Keule, der zweite einen gewaltigen Schmiedehammer.

Huna Ilai versteckte sich hinter einem der mächtigen Felsen. Als er wieder bei Atem war, bemerkte er einen Mann, der bei einem Lagerfeuer in der Nähe einer Holzhütte kniete und mit dem Rösten von Fleischbrocken beschäftigt war.

Dieser Mann war von hohem Wuchs und nicht mehr jung. Seine Haarmähne war so wild und zerzaust, daß es Huna Ilai vor ihm nicht weniger grauste als vor seinen Verfolgern, die schon mit lautem Geschrei näherkamen. Der Mann richtete sich in seiner ganzen Länge auf und hob seinen Spieß in die Höhe, doch er vermochte die beiden Verfolger nicht zu schrecken. Sie liefen schnurstracks auf ihn zu, bespien und beschimpften ihn und hieben mit ihren Waffen auf ihn ein.

Was nun geschah, dauerte nicht länger als ein paar Augenblicke. Der Kerl mit der Keule fiel sogleich zu Boden, der Spieß durchdrang seine Brust. Dem zweiten Burschen, der stämmiger und stärker war, gelang es, mit dem Schmiedehammer auf die Schulter des Riesen einzuhauen. Blutend und gekrümmt vor Schmerz taumelte dieser zur Hütte, zog ein gewaltiges Schwert aus einem dort liegenden Bündel und ließ es mit ungeheurer Kraft auf den Kopf des Jünglings sausen, bis auch dieser ohne Lebensgeister zu Boden plumpste.

Kaum war das Blut in Huna Ilais Gesicht zurückgekehrt, da wandte er sich um, um sich ins Gestrüpp zu schlagen. Doch der Riese holte ihn mit wenigen Schritten ein, schnappte ihn am Ellbogen, drückte ihn wortlos neben das Lagerfeuer und schob ihm einen Becher Honigwein in die Hand.

Was für rote Lippen der Riese hatte! Welch breite Nasenlöcher! Nie zuvor hatte der Junge einen Mann mit so enormer Kraft gesehen. Er fragte sich, wer dieser schweigsame Koloß sein mochte, und seine Besorgnis beim Anblick der blutverschmierten Hände jenes Mannes hätte sich wohl in Grauen verwandelt, wenn er gewußt hätte, daß dieser Hüne kein anderer war als der Scharfrichter Hinz Bartsch, der mit den Hinrichtungen des gesamten Umkreises und auch in weit entlegenen Städten sein Brot verdiente.

Einst hatte der Henker am Ende der Stadt gewohnt, im Schatten des Westtors. Aber etwa zwei Jahre vor den Ereignissen, die hier geschildert werden, am Weihnachtsabend, starb seine Frau mit dem Ungeborenen, das sie unter dem Herzen trug, weil die Hebamme sich geweigert hatte, in der Heiligen Nacht das Haus des Henkers aufzusuchen. Darauf erwarb er eine Hütte außerhalb der Stadt. Abgesehen von dem jüdischen Händler, der in friedlicheren Tagen unterwegs gewesen war, und dem Schächter Chaim Paltiel, der auch als Mohel* diente und in dieser Mission bis zu den Grenzen des Reichsfürstentums reiste, verschlug es den Henker Hinz Bartsch weiter weg von Mohn als alle übrigen Bürger, denn er war ein Scharfrichter von Rang und Namen, wie es sein Vater und sein Großvater vor ihm gewesen waren.

Wahrlich, Hinz Bartsch war nicht geächtet wie sein Vater, und schon gar nicht wie sein Großvater vor ihm, aber noch immer vertrieb ihn die furchtbare Angst, in die er versetzte, aus dem Wärme- und Lichtkreis der Bürger. Wie sein Vater und vor ihm sein Großvater konnte er keine Herberge aufsuchen und mit den Leuten zusammensitzen, wiewohl man ihm in Mohn einen abseits stehenden Tisch zugewiesen hatte, an dem er ohne Gesellschaft seine Mahlzeit einnehmen durfte. Die Kinder warfen mit Steinen nach ihm, und von allen Tieren durfte er nur Wölfe jagen. Fraglos hätte ihm keine Menschenseele – außer ein Henkersknecht wie er – seine Tochter zur Frau gegeben. Seine Mutter war eine Henkerstochter aus der freien Stadt Hamburg gewesen, und seine Frau Jakobine, die gestorben war und mit ihr das Kind, war ebenfalls die Tochter einer Henkersfamilie aus dem Norden, und zwar aus der Stadt Flensburg. Wenn es sich auf seinen Wanderungen einmal ergab, daß ihm ein gutherziger Fremder Hilfe anbot und ihm einen Wasserbeutel oder einen Teller Grütze reichte, war es Hinz gleichwohl bewußt, daß der Unbekannte Tasse und Teller emsig waschen und womöglich gar in der Erde vergraben würde, sobald Hinz sich wieder auf den Weg gemacht hatte, da seine Unreinheit das Geschirr verdorben hatte.

* Beschneider

An all dies war Hinz seit frühester Kindheit gewohnt. Er wußte, daß seine Mitmenschen bei ihm an Tod, Leichen und Grabesfäule dachten und meinten, von ihm, seinem Heim und seiner Familie ginge ein Todesfluch aus. Er war geneigt, sich damit abzufinden. Einzig und allein in einer Angelegenheit trügte er; bevor er Jakobines Bekanntschaft gemacht hatte, kam er in der Dunkelheit in den Kleidern eines Reitknechts, eines Händlers oder Soldaten daher, um sich mit Weibern zu vergnügen. Er hatte genügend Münzen in seinem Beutel, um viele Frauenzimmer zu entlohnen, denn neben seiner Arbeit pflegte er noch anderen Beschäftigungen nachzugehen, vor denen sich die Bewohner der Dörfer und Städte grausten. Dazu gehörte das Leeren von Kloaken und das Fangen toller Hunde. Ein schönes Stück Geld bekam er auch für den Beistand, den er bei Folterungen leistete, wenn es galt, einem Ketzer oder Verbrecher Geständnisse zu entreißen.

In der Tat, viele Münzen zählten die Stadtherren in seine Hände, denn beim Spannen in die Presse und bei der Prüfung durch das kochende Wasser im Kessel war keiner so begabt wie er. Mit seinen wuchtigen Pranken vermochte er die Steinbrocken auf die Bretter zu häufen, die auf die Brüste der Ketzer gelegt wurden, und im ganzen Land Hessen gab es keinen zweiten Henker, der so gut wie er wußte, welches Gewicht nötig war, um drei oder vier Rippen zu brechen; und wenn die Kesselprüfung vor einem breiten Publikum stattfand oder wenn der des Diebstahls Bezichtigte eine Kupfermünze vom Boden eines Topfes voll kochenden Wassers herausfischen mußte – seicht oder tief, je nach Schwere der Untat –, kamen Hinz erneut seine großen, kräftigen Hände zu Hilfe, denn er konnte die Verurteilten trotz ihrer entsetzlichen Schreie an ihren Nakken halten, als seien sie festgenagelt. Diese Münzen warf er mit Vergnügen in den Schoß seiner nächtlichen Buhlen und verdoppelte und verdreifachte den gewünschten Buhllohn mit verhohlener Verachtung.

Die Neugier, die er als Henker erweckte, und auch die Nachfrage nach Gegenständen, die mit der Hinrichtung zusammenhingen – wie Nägel, Stücke vom Strick oder eine blutige Strähne eines zum Tode Verurteilen, die Handschuhe, die er selbst während der Hinrichtung trug – eben jene Bekanntheit, mit der sich andere Henker brüsteten, trübte Hinz Bartsch die Tage. Und obgleich er versessen auf Weiber war, mochte er die Frauen nicht, die unter mannigfachen Vorwänden seine Nähe suchten, bloß weil er ein Henker war. Überdies mischte er sich nicht gern unter andere Henker, obschon er Mitglied der Zunft war, zu deren Handwerk die Folter, das Enthaupten und der Tod gehörten.

Das mächtige Schwert, mit dem er die Köpfe der zum Schafott Verurteilten abschlug, hatte er vom Vater und vom Großvater geerbt, und seine Klinge zierte eine verschnörkelte Gravour:

Vom Kerker des Leibes werd' ich die Seel' nun trennen,
wird sie in der Hölle schmoren –
oder ist für den Himmel sie auserkoren?

Sein ganzer Stolz galt seinem schönen, starken Pferd namens Hagel, dessen gleichmäßige Bewegungen er reitend genoß. Aber mehr als alles andere war Hinz Bartsch stolz auf seinen Schwerthieb. Niemals irrte oder fehlte er, was selbst seinen fähigsten Kollegen mehr als einmal geschah. Es ist kein leichtes Unterfangen, das Haupt eines Menschen mit einem einzigen glatten Hieb vom Rumpf zu trennen. Die Henker berichteten des öfteren von kriegserfahrenen Soldaten, die sich ihrer Hiebe sicher waren und das Szenario in die hämische Tat eines Schlachters verwandelten, sobald sie einen Kopf abhacken mußten. Auch war Hinz Bartsch stolz auf sein Wissen um die Geheimnisse des menschlichen Körperbaus und auf das gewissenhafte Beachten sämtlicher Exekutionsvorschriften, die sein Vater ihm beigebracht hatte, nach allen Regeln der Kunst.

Er liebte es, vor die Menge zu treten, wenn alles für die Zeremonie Notwendige schon vorbereitet war und der Weg offen vor ihm lag wie das Rote Meer vor Moses und den Israeliten. Die Enthauptung war ein Riesenspektakel, ein furchtbares Schauspiel, von Pracht und Herrlichkeit begleitet, schöner noch als die Spiele auf dem Kirchplatz mit den Engeln, wenn sie die Weihrauchfässer schwangen und mit hellen Stimmchen sangen, mit den schwarzen und roten Teufeln, mit der Jungfrau im blauen Gewand, mit dem Erlöser und seinem gütigen Lächeln und mit den Heiligen und ihren langen Mähnen. Hinz konnte die Blicke des Publikums spüren, wie sie an seinen Händen und an seinem Rücken klebten, er vernahm das Flüstern aus der Menge, die Totenstille, das stockende Atmen und das verhaltene Seufzen.

Ab und zu streifte Bartsch nachts eine Weile durch eine verschlafene Stadt, die Augen zu den Fenstern erhoben. Hier und da loderte ein Feuer im Kamin, ächzte das Schild einer Herberge im Wind und flackerten Kerzen auf. In solchen Augenblicken verspürte er Sehnsucht nach den Menschen in ihren hübschen Häusern. Hin und wieder ging er spät in der Nacht oder früh am Morgen, bevor die Gläubigen kamen, zur Kirche und sprach lautlos ein von seinem Vater erlerntes Gebet. Die Weigerung der Hebamme, zu Hilfe zu kommen, der Tod Jakobines mit dem Kind im Leib, die vielen flehentlichen Bittgesuche, daß man seine Frau wie jede christliche Seele auf dem Gottesacker begrub;

all dies ließ sein Herz und seine Lippen versiegen. Er hatte schon früher bis zur Volltrunkenheit gesoffen, doch nach dem Tod seiner Frau steigerte er die Menge noch um ein Vielfaches, denn die Trunkenheit schenkte ihm bleiernen Schlaf ohne schlechte Träume.

Einen Tag, nachdem Hinz Bartsch den Jungen Huna Ilai Brandin im Wald gefunden hatte, mußte er nach der Stadt Braunschweig aufbrechen, die in Niedersachsen lag, denn er war von den Herren der Stadtverwaltung gerufen worden. Alles war für die lange Reise gerichtet. Sein Pferd Hagel hatte viele Wochen lang geruht. Hinz liebte sein fünf Jahre altes Roß, seinen kräftigen, wohlgerundeten Hals, seine fließende Mähne und seinen Leib voller Tatendrang. Alle Bündel lagen für die Reise bereit, ebenso die schweren Schlösser für die Tür der Hütte und für die Fenster. Das große Schwert war tüchtig geschliffen, seine Kleider waren rein; seine Wegzehrung – Fleisch, Käse, Zwieback und Wein – war sorgfältig auf den Rücken einer Stute gebunden, einem Pferdchen, das er stets mit sich führte, wenn er sich auf Reisen begab.

Er reichte dem jungen Burschen eine warme, rauhe Decke, und nachdem er dessen Geschichte und den Befehl des Vaters, den der erschütterte Junge flüsternd kundtat, vernommen hatte, bat Hinz, ihm seinerseits Gehör zu schenken.

Folgendes gab der bekannte furchterregende Henker Hinz Bartsch zum Besten: Er erzählte dem Jungen aus seinem Leben und verriet ihm gar mehr, als er einer Menschenseele je preisgegeben hatte, denn zu dem Knaben zu sprechen fiel ihm leicht. Und wahrhaftig erzählte er ihm nicht nur von den vielen Erniedrigungen, darunter auch höchst beschämende – wie von jenem Tag, an dem er von seinem Vater erfahren mußte, daß ihnen der Eintritt ins

Badehaus verwehrt war, von dem der Junge so viel gehört hatte und an dessen Genüssen er teilhaben wollte, wenn er einst im Dampf des Bades stehen und nach Herzenslust im warmen Wasser plantschen würde. Er berichtete dem Jungen gar von seiner furchtbaren Trunkenheit und verriet ihm, wie er bei einem Streit in Flensburg, hoch im Norden, einen Soldaten gemeuchelt und dessen Gefährten verwundet hatte. Er gestand ihm auch, daß er ein Würfelspieler war, der, besessen vom Anblick des Würfelsprungs, in einer vom Pech verfolgten Wettnacht sein ganzes Hab und Gut verlieren konnte. Mit sonderbarer Stimme sprach er von den Küssen der Todeskandidaten, just bevor er ihnen die Köpfe abhackte, und schilderte ihr Winseln, wenn sie hörten, daß man ihnen die letzte Beichte und Absolution versagte, damit ihre Seelen keine Erlösung erfuhren. Auch sprach er vom Tod seiner Frau Jakobine an jenem furchtbaren Christabend und davon, wie er seinem Leben in jener Nacht ein Ende bereiten wollte. Als er die Worte wiederholte, die er den Verurteilten vor dem Galgen oder vor dem Schafott zuraunte – Bitte vergebt mir! –, brach zum Erstaunen des Knaben ein wenig seine Stimme.

Bartsch schlug Huna Ilai vor, ihn auf seiner Reise nach Braunschweig zu begleiten. Er versprach ihm, ihn zu seinen Verwandten zu führen, sobald sein Auftrag dort abgeschlossen sei. Um den jungen Burschen für die Reise zu gewinnen, erzählte er ihm von Heinrich, den man den Löwen nannte, dem Herzog von Sachsen und Bayern, dem großen Kämpfer, und von dem wundersamen Bronzestandbild eines Löwen in Braunschweig. Das Maul des Löwen war aufgerissen, die Locken seiner Mähne glänzten in der Sonne. Er hatte einen gewaltigen Nacken, einen ausgestreckten Schwanz und in heldenhaftem Gestus gespannte Läufe. Ferner berichtete er von herrlichen Gemälden in der Martinikirche, von dem prachtvollen Grabmal Heinrichs des Löwen und seiner schönen Gemahlin Mathilde, die auf einer Marmorplatte ruhten, als ob sie schliefen, und von dem prunkvollen siebenarmigen Leuchter vor der Kirche.

Als er sah, daß der Junge nichts, aber auch nicht das Geringste vom heiligen Martin gehört hatte, erzählte er ihm von dessen großartiger Tat, wie er als Soldat seinen Mantel zerriß und die Hälfte einem armen, vor Kälte zitternden Bettler gab und in derselben Nacht Christus, den Erlöser, mit eben jenem halben Mantel sah. Die Gestalt des Heiligen könne Huna Ilai in der Kirche in Braunschweig bewundern, hoch zu Roß, mit der Mantelhälfte auf den Schultern des Gekreuzigten, sagte Hinz.

Der heilige Martin war bei Hinz beliebt, denn er war der Patron der fröhlichen Trinker und Esser. Der Junge wunderte sich ein wenig über den Zusammenhang zwischen dem Geschenk des Mantels und dem Traum, zwischen der Trunkenheit und der Freude. Jedenfalls, meinte Hinz Bartsch, lag Braunschweig auf dem Weg nach Hannover und war auch nicht weit von dort entfernt.

Huna Ilai konnte die fünf Bücher Moses und die großen Propheten auswendig aufsagen, in denen sich zehnmal mehr Merkwürdigkeiten ereigneten, als die, die Hinz Bartsch, dessen Vater und Großvater zusammen erlebt hatten. Dennoch fiel es dem Knaben schwer, die Geschichten des Henkers zu begreifen. Am meisten wunderte ihn, was dieser über die Folter preisgab.

Der Junge wollte voller Furcht und Staunen wissen, woran man erkenne, daß der Gefolterte die Wahrheit sprach. Denn wenn er ein starker Mensch war, würde er die Folter mit Unschuldsmiene überstehen, während ein anderer, der sich nichts hatte zu Schulden kommen lassen und dem es an Kraft und Mut mangelte, womöglich ein Verbrechen gestand, dessen er sich gar nicht schuldig gemacht hatte. Hinz Bartsch tat diese Frage mit einer Handbewegung ab und meinte, daß die Folter an sich wie eine Läuterung von allem Übel sei; auch wenn es geschah, daß einer an der ihm zur Last gelegten Untat unschuldig war, so war er gewiß einer anderen Missetat schuldig. Denn der Trieb des menschlichen Herzens ist böse von Kindesbeinen an.

Huna Ilai wunderte sich noch über ein paar andere Einzelheiten, doch der Hüne, der mit leiser Stimme und niedergeschlagenen Augen zu ihm sprach, erweckte sein Vertrauen. So war er einverstanden, den Mann auf seinem Weg nach Braunschweig zu begleiten, und fragte ihn nur behutsam nach der Route, die sie einschlagen würden.

Der Henker beruhigte Huna Ilai, als er ihm sagte, daß er den Weg zur Genüge kenne und ihn in seiner Gesamtheit oder doch zum Teil viele Male zurückgelegt habe. Sie mußten zuerst nach Fulda, das zwischen der starken Rhön und dem Vogelsberg lag. Dort würden sie ein paar Tage in einem Benediktinerkloster nächtigen. Anschließend würden sie nach Hünfeld reiten, wo ein befreundeter Wirt wohnte. Wenn sie Hünfeld hinter sich ließen, würden sie über die Fulda setzen. Dabei habe man nichts zu befürchten, denn die Fähre war solide gebaut und die Zugschnüre oblagen tüchtigen jungen Männern. Später würden sie dann Kassel zustreben, der Residenz der hessischen Landgrafen. In dieser Stadt würden sie bisweilen Unterschlupf suchen müssen, denn dort hatte der Henker ein paar Feinde, doch kannte er aufs beste alle Zu- und Ausgänge. Die Herrschaft des Landgrafen Ludwig war gefestigt und seine Männer wachten bei Tag und bei Nacht über die Ordnung. Nach Kassel, sagte er, würden sie die Städte Göttingen und Northeim (in der sein Vater geboren wurde) passieren, beispiellos reiche Hansestädte, in denen Huna

Ilai sehen würde, welch wunderbare Gegenstände man mit Groschen kaufen konnte, wieviele Badehäuser und prunkvolle Herbergen diese Städte besaßen. Noch reicher, betonte Hinz, war Hannover am Ufer der Leine. Vielleicht würden sie in Northeim ein paar Wochen bleiben, denn man hatte ihm dort einen gewissen Auftrag in Aussicht gestellt. Bevor sie Hannover erreichten, würden sie noch der Stadt Elze einen Besuch abstatten, wo entfernte Verwandte von ihm wohnten, wenngleich diese über sein Erscheinen nicht gerade erfreut sein würden. Auf ihrem langen Weg würde der Pass über den Harz gewiß nach dem Geschmack des Knaben sein. Und wenn ihnen ein, zwei Wochen freie Zeit blieben, würde er ihm vielleicht sogar zeigen, wie man einen Bär jagt oder eine Wildratte erlegt.

Huna Ilai könne wohlgemut sein, sagte Hinz Bartsch wieder und wieder, denn von ihm werde er nichts Böses zu erwarten haben. Er werde es auch nicht zulassen, daß jemand seinem Begleiter auch nur ein Haar krümme. Huna Ilai brauche sich keine Sorgen zu machen, Gott behüte, auch wenn er kein Pferd zu reiten verstehe. Das würde das Tempo des Ritts keinesfalls beeinträchtigen; die Stute sei es gewohnt, sich langsam doch sicher zu bewegen. Auch wenn das Tier keine Eile an den Tag lege, könne Huna Ilai gewiß sein, daß man tagtäglich fünfundzwanzig Meilen zurücklege, vielleicht sogar mehr. Und so sei der Tag nicht weit, an dem der Junge vor seinen Verwandten stünde.

Hinz Bartsch, der ein großer Kirchenliebhaber war, erzählte auch von den Altären, in deren Mitte und an deren vier Ecken kleine Kreuze angebracht seien, die die Wunden Jesu symbolisierten. Er brachte dem Jungen bei, wie man an der Dauer und Art des Glockengeläuts erkennen konnte, wer das Zeitliche gesegnet hatte – Mann, Weib oder Kind –

und welche Glocke dafür bestimmt war, gegen ein Gewitter anzutreten. Er zählte Kirchen auf, in denen nur die Herzen von Rittern und Pilgern aufbewahrt wurden, die fern der Heimat verschieden waren. Dann erzählte er ihm von dem Hahn, dessen Krähen dem Apostel Petrus seinen Verrat ankündigte und der darum auf den Türmen sitzen mußte, um einen jeden zu mahnen, daß man stets wachsam und treu zu sein hatte bis in alle Ewigkeit.

Hinz Bartsch fügte hinzu: Wenn Huna Ilai einen Hahn auf der Spitze des Kirchturms sähe, solle er an den Apostel denken, der seinen Verrat mehrmals beging, obgleich er wußte, wen er verriet, und obwohl ihm sein Verrat vorhergesagt worden war. Huna Ilai müsse sich tief in seiner Seele entschließen, seinen Freunden und denen, die ihn liebten, für allzeit die Treue zu halten.

Nur um etwas bitte er, daß Huna Ilai keinem die Treue schwören möge, ohne sich zuvor mit ihm zu beraten; denn es treffe zwar zu, daß er selbst die Welt nur von der Seite der Kloake und des Grabes kenne, aber Huna Ilai kenne sie überhaupt nicht.

Und so, in aller Frühe, zog Huna Ilai das Psalmenbuch unter seiner Achsel hervor, das ihm sein Vater gegeben hatte, bevor er unwiderruflich von ihm Abschied genommen hatte, und las das Lied auf der Seite, mit der das Büchlein begann: Von Gnade und Recht will ich singen, und dir HERR, Lob sagen. Ich handle umsichtig und redlich ... Er dachte an die großen, braunen Augen seiner Mutter. Obwohl er es nicht mit eigenen Augen gesehen hatte (denn sein Vater schrieb nur bei Nacht), wußte Huna Ilai, daß sein Vater dieses Psalmenbuch eigenhändig kopiert hatte.

Huna Ilai bestieg die Stute, setzte sich dicht an ihren Nacken und schaute auf ihre dichte Mähne und ihre zierlichen Ohren. So machten sich der Henker Hinz Bartsch und der Junge Huna Ilai, der Sohn des Abraham Brandin, auf gen Norden in Richtung Braunschweig.

Trotz der beschwichtigenden Worte des Hinz Bartsch war der Weg, der vor ihnen lag, nicht leicht, sondern gepflastert mit allerlei Gefahren, von denen Huna Ilai dank seiner Unschuld und seines Glaubens an den Mut des Henkers nicht das Geringste ahnte. Was ihn schreckte, war das Rascheln der Wälder und die unheimliche Totenstille der Berge.

3

Peitschender, eisiger Regen fiel vom Himmel, als die beiden eines Abends einen Weiler erreichten, an dessen Eingang sich ein steingraues Brücklein über einen trüben Bach wölbte. Obgleich die Stute achtsam war und langsamen Schrittes trabte, und obschon der Sattel breit war und weich, taten Huna Ilai nach dem ungewohnt langen Ritt alle Glieder weh. Es fiel ihm schwer, mit Hinz Bartsch Schritt zu halten. Mit schmerzendem Rücken ließ er sich in der niedrigen Stube des Hauses, das sie betraten, nieder und hatte gar Mühe, das bescheidene Mahl zu verzehren, das die Bäuerin den beiden vorsetzte.

Der Bauer saß zusammengekauert in der Stubenecke und warf ihnen argwöhnische, furchtsame Blicke zu, denn Hinz Bartsch hatte sich als Landsknecht der Garde des Fürstbischofs vorgestellt. Nach dem Mahl setzte sich Hinz zu dem Bauern und verhandelte eine Weile mit ihm über den Preis der Kleider, die er für Huna Ilai erwerben wollte, über das

Entgelt für ein gehöriges Stück Leder für sich selbst sowie über den Preis von fuchsledernen Handschuhen für beide.

Hinz beoachtete gelassen den Bauern und dessen Frau, die mit bekümmertem Geflüster in der Stube auf und ab liefen. Die Statur des Bauern war stählern, was ihm gewiß bei seiner Arbeit und dem ewigen Bücken zugute kam, dachte der Junge, und in eben diesem Moment berührte Hinz die festen Flanken des Landmannes und lobte dessen Kraft, als ob dieser ein Lasttier wäre.

Kaum war der Handel besiegelt, wurde die Laune des Bauern vortrefflich. Er goß Hinz Starkbier ein, und ohne ihm in die Augen zu sehen, wollte er von ihm wissen, ob er Kameraden im Heer seiner Exzellenz Friedrichs, des Markgrafen von Brandenburg, hätte. Dieser war getreu dem Befehl seiner Heiligkeit des Papstes ausgezogen, um den Abschaum der ketzerischen Hussiten vom Erdboden zu fegen. Doch Hinz war nicht länger geneigt, mit dem Bauern zu reden. Er stellte seinen Becher ab, sah dem Mann mit durchdringendem Blick in die Augen und sagte in gemessener Stimme, daß die Kreuzfahrer des Markgrafen wie die Hasen in die Wälder geflohen seien, sobald sie die Heere der Ketzer zu Gesicht bekommen hätten.

Als der Bauer beharrlich fortfuhr, ob an der Spitze der Ketzer noch immer der blinde Heerführer stehe, antwortete Hinz, daß der Blinde seit vielen Jahren im Höllenfeuer schmore und an der Spitze der Böhmen nun ein gewisser Prokop stehe, der von den verdammten Ketzern »der Große« genannt werde, ein verheirateter Priester, der in jedwede Greueltat verwickelt sei und dessen Heere das Land überschwemmten.

Auf die Frage des Bauern, wie jener Tabor beschaffen sei, der am Ufer eines der glasklaren Flüsse Böhmens emporrage und auf dessen Gipfel – wie man sich erzählte – die

Anhänger von Hus auf das erneute Kommen des Erlösers warteten, antwortete Hinz, daß dieser Tabor nichts weiter als ein lachhafter Hügel sei, dessen glorreicher Name allein von den Ketzern herrühre; und was den Fluß anbelange, so sei sein Wasser schlammig und trüb wie alle Gewässer Böhmens. Auf die weitere Frage des Bauern, ob ihm etwas von einem Schriftstück Gottes zu Ohren gekommen sei, das dieser eigenhändig verfaßt und das ein geheimnisvoller Unbekannter eines Nachts in den Schoß des Blinden gelegt habe, antwortete Hinz: Von solch einem Schreiben wisse er nichts.

Hinz erzählte dem forschenden Bauern nicht, daß er mehr als einmal daran gedacht hatte, sich den Hussiten anzuschließen, denn das Gerücht besagte, daß deren Heere auf ihrem Weg gehörig Beute machten. In jedem Ort, den sie im Sturm eroberten, sollte die Beute vom Feinsten sein, und nicht wenige Soldaten des Fürstbischofs und der Raubritter ließen wohl ihre Banner im Stich und schlossen sich den böhmischen Heeren an, während die Heerführer keine Menschenseele abwiesen, wie es die Bayern, Italiener und kaiserlichen Truppen taten.

Zu Beginn sagte man den Hussiten nach, sie seien Heilige, und Hinz dachte, vielleicht waren sie tatsächlich Heilige, weiß der Himmel. Auf alle Fälle war ihre Beute trefflich, und es gesellten sich Huren zu den fremden Regimentern, die den Lagern von Fürsten und Kardinalen würdig gewesen wären. Hinz Bartsch war voll Hoffart abgewiesen worden, als er einen Zweijahresvertrag unterzeichnen wollte, um unter der Flagge eines prahlerischen, aufgeblasenen Italieners, Giovanni-Pagalo da Gravila, gegen die Böhmen zu kämpfen. Dieser Italiener wurde nach nur einem Monat mitsamt seinem kleinen Heer geschlagen und sah sich von Lanzenträgern umringt unter einem dichten Regen von

Pfeilen, die die Böhmen aus ihren derben Holzwagen abgeschossen hatten.

Später zeigte der Bauer Hinz Bartsch und dem Jüngling die beiden Kammern, in denen seine Frau ihnen Lager gerichtet hatte. Huna Ilai, von dem langen Ritt erschöpft, wäre wohl alsbald eingeschlafen, so bleiern waren seine Lider, hätten die Blitze des Kaminfeuers ihn nicht erschreckt. Sie fielen auf ein Holzkreuz mit dem Leib des Gekreuzigten, der sein Haupt senkte. Unter dem Laken, an dessen rauhe Berührung und starken Geruch er nicht gewohnt war, in einer Nische liegend, die ganz und gar von dem Kruzifix beherrscht zu sein schien, wandte Huna Ilai dem Kreuz vergeblich den Rücken zu. Es half nichts, daß er die Augen fest schloß, vergebens versuchte er an allerlei zu denken, sogar an die Eltern, dem Verbot des Vaters zum Trotz – das Kreuz loderte in leckenden Flammen vor ihm. Als die Müdigkeit nach geraumer Zeit die Angst überwand und Huna Ilai für einen Moment entschlummerte, wachte er sogleich mit dem Gefühl wieder auf, daß ein blutender Leib neben ihm läge, das kühle Holz des Kreuzes seinen Arm berührte und Nägel ihm das Fleisch aufrissen.

Als die Laute der Tiere, die in der Frühe erwachten, an seine Ohren drangen, schlief er schließlich ein, doch Hinz gewährte ihm nicht länger Ruhe. Als der Regen ein wenig nachließ, machten die beiden sich erneut auf den Weg. An diesem Tag öffnete Hinz Bartsch seinen Mund viele Stunden lang nicht. Schon seit geraumer Weile, während der ganzen langen Reise, hatte sich Huna Ilai an die immer wiederkehrenden Schweigestunden gewöhnt, in denen der bärenstarke Henker ein alter, gebrechlicher Mann zu sein schien.

Am Mittag bemerkte Hinz, daß der Junge nichts zu sich nahm und nur seinen mächtigen Durst stillte. Er tadelte ihn barsch, daß er so die Stadt Braunschweig, die nicht mehr fern war, nie und nimmer erreichen würde, und befahl ihm, etwas Brot und Ei zu verzehren. Huna Ilai kaute unwillig seine Nahrung und fürchtete, daß ihm speiübel würde.

Gegen Abend bemerkten die beiden am Ende eines dunklen Haines eine Hütte, aus deren Schornstein Rauch stieg, der geschwind in den niedrigen Wolken verschwand. Durch die schmutzige Scheibe war ein Mann zu sehen, der mit ausgebreiteten Händen neben einem rußigen Ofen saß. Der Mann war klein und hutzelig. Er öffnete die Tür und fragte: Wer seid ihr und wohin des Wegs? Hinz war drauf und dran, seinen Mund zu öffnen, um abermals die Geschichte aufzuwärmen, die er auf dem Hof des Bauern vorgetragen hatte, als er plötzlich einen zweiten Kerl sah, der ihm zuvor entgangen war. Dieser starrte ihn mit seinem linken Auge an, denn nur mit diesem konnte er sehen, da sein rechtes wie verklebt war.

Kenne ich Euch, werter Herr? fragte Hinz den Einäugigen. Der antwortete, daß er nicht wisse, ob Hinz ihn kenne, er selbst kenne Hinz sehr wohl und würde sich nicht einmal in dunkelster Nacht in ihm irren. Sogleich streckte Hinz seine Hand nach dem Heft seines langen Dolches aus und schielte gar rasch nach seinem Schwert, das er beim Betreten der Hütte an die Wand gelehnt hatte.

Der Einäugige knurrte etwas vor sich hin, und Hinz richtete das Wort an ihn. Er sagte, daß er ihn nicht herausfordern und auf gar keinen Fall bekämpfen wolle. Wenn man ihnen nicht erlauben mochte, beim Feuer zu verschnaufen, würden sie alsbald wieder aufbrechen, er und der Junge, obgleich der Wind so heftig wehe, daß er Türen aus ihren Scharnieren reiße und starke Bäume knicke, und das obwohl sich der Junge vor dem Heulen des Windes und den Blitzen fürchte, die lange am Himmel aufleuchteten und deren Donner ohrenbetäubend sei. Bei diesen Worten grinste der Einäugige durchtrieben, polterte lautstark und formte seine Hand zur Faust, als gelte es zu demonstrieren, wie er Hinz fest an der Gurgel packte. Hinz kniete neben der rußigen Feuerstelle nieder, ließ Huna Ilai an seiner Seite Platz nehmen, fischte eine Flasche aus seinem Tornister und reichte sie dem kleinwüchsigen Burschen. Der nahm die Flasche dankend entgegen und stellte sich als der lange Ul vor, Ulrich wohlgemerkt. Sein Gewerbe sei das eines Taschenspielers – eines Zauberkünstlers wohlgemerkt.

Huna Ilai hätte liebend gern ein paar Kunststücke gesehen, denn es war ihm nie erlaubt gewesen, die Gaukler mit ihren wundersamen Schauspielen auf dem Marktplatz von Mohn zu erleben. Er gedachte seines Freundes Nachum mit den hellgrünen Augen, der immerzu in kindliches Lachen ausbrach. Mit Nachum war er meist aufs Dach der Apotheke geklettert, von wo aus man das fahrende Volk auf dem Platz sehen konnte: die dressierten Hunde, die in Kleidern von Handwerkern steckten und allerlei Kunststückchen beherrschten, sich tot stellten oder durch Reifen sprangen, und die Tanzbären, die ihre schweren Leiber bewegten, die Köpfe schüttelten und mit merkwürdig kleinen Augen traurig um sich schauten, wenn sie sich verlegen kratzten, auf die Hintertatzen aufrichteten und in an Menschen erinnerndem Gang schwerfällig vorwärtswankten. Ab und zu erreichten fahrende Musikanten den Platz und fiedelten auf langhalsigen Geigen aus den Mittelmeerländern oder schlugen Trommeln, die auf der einen Seite helle, hohle Töne erklingen und auf der anderen Seite flache, dumpfe Klänge ertönen ließen. Aber Kunststücke mußte man von Nahem sehen, nicht von einem Dach.

Huna Ilai wartete, doch Gaukelspiel lag dem kleinen Schmächtigen fern. Er munkelte mit dem Einäugigen, der sich nicht von der Stelle rührte, und sogleich hüllten sich beide in Decken und schliefen ein.

Für Hinz Bartsch war dieses Treffen ein böses Omen, und es begann der Zweifel an ihm zu nagen, ob ihm das Schicksal so gewogen war, daß er nach Braunschweig gelangen konnte. Es dünkte ihn, wer der Mann mit dem verklebten Augenlid war. Vier Jahre zuvor hatte man den Henker in die privaten Gemächer einer Schenke in Flensburg gerufen. Als er dort ankam, wurde er mit verbundenen Augen zu einem nahegelegenen Haus geführt. Ein Mann, dessen Gesicht im Schatten lag, bot ihm einen Batzen Geld an, nach seinen Worten den Lohn für eine kleine Gefälligkeit. Es war ein besonderer Auftrag, denn anstatt sich auf dem Marktplatz der Stadt oder vor der Kirche zu postieren, vor den Augen der Menge, befahl ihm der Mann ausdrücklich, zu einer entlegenen Burg des Territoriums zu reiten; er versprach, den Lohn zu verdoppeln, wenn es dem Henker gelänge, den Weg ungesehen zurückzulegen. Als er die Burg erreichte, die bis auf einen hohen Turm nahezu gänzlich verfallen war, empfing ihn ein aufs trefflichste gekleideter Edelmann, der ihn ersuchte, der Folter des Raubritters Udo von Wittmar beizuwohnen. Der Edelmann sprach stets mit herrschendem Ton, und man erzählte über ihn, daß er dem geheimbündnerischen Gericht vorstand, das die heilige Feme genannt wurde. Dieses Gericht, dessen Verhöre und Urteilsverkündungen weitab vom Auge der Öffentlichkeit stattfanden, tagte in völliger Geheimhaltung. Nichts und niemand tastete an die Macht dieser schauerlichen Feme; selbst als Sigismund den Erzbischof von Köln zum Hauptankläger aller Gerichte berief, wurde ihre Macht nur noch um so größer. Und siehe da, zum Pech des Hinz Bartsch gelang es den Gesellen des Raubritters Udo von Wittmar, diesen triefend von Blut (drei Finger seiner Rechten waren abgehackt) zu befreien. Hinz Bartsch trug in jener Nacht eine Verwundung davon, doch es gelang ihm, im Handgemenge einen Blick auf die Befreier des Raubritters zu werfen, von denen einer das rechte Augenlid verklebt hatte.

Hinz Bartsch zitterte, als sie der Hütte im Morgengrauen den Rücken kehrten. Der Weg, den sie einschlugen, war der einzige, der zu dieser Jahreszeit tauglich war, da er durch einen riesigen Wald aus Eichen, Buchen und Pappeln führte. Wenn sich Hinz Bartsch vor dem Gefolge des Raubritters verbergen wollte, das den gesamten Landstrich beherrschte, mußte er diesen Weg verlassen und sich im Unterholz des Waldes verstecken. Es galt, sich rasch zu entscheiden, denn sie befanden sich ganz in der Nähe des Gehölzes, wo dem Gerücht zufolge das Lager des Ritters war, das allseits die Trutz genannt wurde. Dieses Lager hatte man um ein von mächtigen Mauern umgebenes Kloster herum aufgeschlagen, das zur Zeit des schwarzen Todes gebrannntschatzt und verlassen worden war. Man erzählte sich, daß über der Trutz die Flagge des Udo von Wittmar mit dessen Familienwappen wehte: Ein gewaltiges Kreuz, das zwischen den Zinnen der Mauer von Jerusalem stak und die Stelle markierte, an der die Kämpfer des Gottfried von Bouillon die heilige Stadt gestürmt hatten. Unter ihnen war einer der von Wittmars gewesen, ein mittelloser Mann von niedrigem Adel, der im Heiligen Land Großes vollbracht hatte; auf ihn waren andere Verwandte gefolgt, die das Mönchsdasein erwählt hatten und dem deutschen Ritterorden beigetreten waren.

Es besteht keinerlei Zweifel: Wäre Hinz allein, ohne den Jungen geritten, hätte er sich gewiß dafür entschieden, sich vom Dickicht des Waldes verschlucken zu lassen. Doch Kälte, Regen und der Morast, der tiefer und tiefer wurde, je mehr sie sich dem Fluß nahten, stellten für den Jüngling, der nicht fest im Sattel saß, eine allzu große Gefahr dar. Hinz sah sich den Knaben genau an: Seine Lippen waren blau, Blässe breitete sich über sein Antlitz, und hin und wieder schüttelten sich seine Schultern vor Kälte. Es bestand die Möglichkeit, den Augen der Gefolgschaft des Raubritters zu entgehen, wenn man mit größtem Bedacht voranschritt. Doch sein Henkerherz sagte ihm, daß er diesen Waldweg nicht hinter sich legen würde, ohne auf die Männer des Ritters zu stoßen. Ein solcher Zusammenstoß konnte seinen und des Knaben Tod bedeuten, oder Demütigungen und schwere Folter.

Hinz brachte sein Pferd vor einem erhabenen Wegkreuz zum Stehen. Es war ein von Wind und Wetter verwittertes steinernes Kreuz an einem Scheideweg. Nach rechts krümmte sich ein enger Fußsteig, der im Wald verschwand. Linker Hand ein breiterer Pfad, an dessen Ende eine kleine Wassermühle zu sehen war. Hinz Bartsch saß reglos im Sattel, bis er sich zu der gewaltigen Scheide beugte und sein Henkerschwert zückte. Allein für seinen Vater oder für seine Frau hätte Hinz getan, was er nun im Begriff war zu tun. Er hob seine Augen zu dem schwarzen, von Wolken schwer verhangenen Himmel, blickte für einen Moment auf das steinerne Kreuz und zog an den Zügeln, um sein Pferd auf den schmalen Pfad zu lenken, der in den Wald führte.

Er wandte sich dem Knaben zu und sagte, daß sie nun den Waldweg einschlügen, in dem es von Räubern wimmele. Aber mit Hilfe der Dunkelheit würden sie einem jeden Wegelagerer entschlüpfen; darum habe man nicht zu fürchten, was ihrer harrte. Er forderte ihn auf, ein Gebet an seinen Gott zu richten, auf daß er sie vor den Gefolgsleuten des Raubritters verbarg. Darauf antwortete der Junge, daß er es nicht gewohnt sei, solche Gebete zu sprechen. Er wisse nicht einmal, ob er von Gott je etwas erbitten dürfe.

Überhaupt verspüre er in Hinzes Gesellschaft keinerlei Furcht.

Hinz erinnerte sich, daß er vor vielen Jahren an einem hellen, wolkenlosen Sommertag durch diesen Wald geritten war, als er und seine Freunde einen Bären jagten, der flinker war als seine Jäger. Während sie dem Bären nachstellten, waren sie zu einer langgezogenen Schlucht gelangt, die diesen Teil des Unterholzes parallel zum Weg von Süden nach Norden zu durchschneiden schien. Wenn es jetzt gelänge, sie zu finden, könnten sie die ganze Nacht lang reiten und den Weg erst jenseits des Gehölzes, in dem sich Ritter Udo von Wittmars Lager angeblich befand, wieder aufnehmen.

In der Tat, es waren nur wenige Reiter, die es der Abkürzung zum Trotz wagten, diesen Weg einzuschlagen. Seltsame Geschöpfe trieben hier ihr Unwesen. Stimmen, die nicht von dieser Welt waren, heulten in den Nächten, und selbst das kühnste aller Pferde zeigte Zeichen von Angst. Doch Hinz sagte sich, daß es der bessere Weg sei und keinen anderen gab. Er betete mit großer Andacht und legte überdies das Gelübde ab, daß er vier Kerzen für St. Martini kaufen würde, eine jede in der Länge von sieben Ellen, wenn er wahrhaftig jene Schlucht finden und ihr ohne Schaden zu nehmen entsteigen würde.

Zunächst betete er im Stillen und wiederholte sein Gelübde etliche Male. Doch kaum hatte er das Gelöbnis, das durch das Röhren des Windes und das Rascheln der Blätter im Sturm nicht zu vernehmen war, laut ausgesprochen, da spürte er, wie sein Pferd zaudernd ein sanftes Gefälle hinabstieg. Da erkannte er, daß es in eben jene lange Schlucht ritt. Vier Kerzen in der Länge von sieben Ellen waren ein recht hoher Preis, doch die Möglichkeit, den Krallen des Raubritters zu entgehen, wog schwerer.

Vielleicht erinnerte sich Hinz nicht genau, wo die lange Schlucht zu Ende ging, und womöglich war die Nacht zu stürmisch, der Wind zu heftig und pfeifend, oder die Bäume, die der Sturm entwurzelte, versperrten den Durchgang, so oder so – Hinzes Pferd stieg erneut auf den Pfad, ohne daß der Reiter es bemerkt hätte. Vielleicht hatten auch die vier versprochenen Kerzen trotz ihrer Größe nicht gereicht. Im Morgengrauen vernahm er plötzlich das Geräusch dumpfer Schläge und sah auf einmal Lichter aufblitzen. Jäh wurden Hinz und Huna Ilai von etwa zwanzig Männern umringt, die von Kopf bis Fuß in Rüstungen steckten und lange Lanzen trugen. Der alte Bekannte mit dem einen Auge lachte laut und schallend, als ob er in den Genuß einer netten Überraschung gekommen sei. Man brachte sie vor den Ritter Udo von Wittmar, der in einer Hütte von beträchtlichem Ausmaß hinter einem Tisch saß und eine Karte studierte. Anders als die übrigen Räuberhauptmänner, von denen es allerorten wie von Läusen und Wanzen wimmelte, war von Wittmar wie ein Mann von Adel gekleidet. Die Reinheit seiner Kleider und deren Pracht waren in diesem Walddomizil ebenso verblüffend wie die glänzenden Rüstungen seiner Mannen.

Das Antlitz des von Wittmar war voller Falten und Furchen wie das eines Greises, sein Haar war weiß und schütter, aus seinen Augen fielen Alterstropfen auf seine gealterten, runzeligen Apfelwangen, und seine Hände zitterten gar ein wenig. Doch als er den Mund öffnete, hörte Hinz Bartsch mit Erstaunen, daß seine Stimme jung und polternd war und in einer herausfordenden Fülle melodisch. Udo von Wittmar fragte ihn, ob der Jüngling sein Sohn sei, und als er zur Antwort erhielt, daß er der Sohn eines Vetters sei, der Hinz auf einer Reise in die Stadt Braunschweig begleite, befahl der Ritter einem seiner Soldaten, Huna Ilai in die

Küche zu führen, ihn tüchtig zu füttern und zu Bett zu bringen. Hinz versprach er, daß dem Knaben kein Leid geschehen werde.

Mit eben jener melodischen Stimme, die Hinz Bartschs Herz erschütterte, sagte der Ritter später, daß ihre Begegnung nicht auf Zufall beruhe. Er habe seine Männer vielmehr beauftragt, den Henker herbeizuschaffen, um einem alten Bekannten, dem er eines Nachts unter höchst eigenwilligen Umständen begegnet war, einen Posten anzubieten. Nur das gnädige Schicksal habe die Suche nach dem Henker erübrigt, als es ihn in seiner unerklärlichen Güte wie eine gebratene Taube geradezu auf seinen Teller legte. Nun mußte Bartsch wählen, betonte er mit veränderter Stimme: Entweder würde Ritter Udo von Wittmar ihm alles heimzahlen, indem er ihm ein Gebrechen wie jenes beibrachte, welches Bartsch ihm in der geheimen Folterkammer der Burg zugemutet hatte (was natürlich Hinzes vortrefflicher Kunst einen unwiderruflichen Schaden zufügen würde); oder er könne sich seinem Gefolge als ermächtigter Henker anschließen, denn dies sei für den guten Namen eines Udo von Wittmar förderlich und schön.

Dies sei die Wahl, vor die er ihn stelle, sagte der Ritter. Von der gegenwärtigen Dämmerung der Taube bis zur Dämmerung des Raben müsse er sich entscheiden, fügte er hinzu. Bis zum Abend. Wenn der Henker sich für das Lager des Ritters entscheide, würde er für seine Arbeit einen angemessenen Lohn erhalten, über dessen Höhe sich Bartsch mit dem Buchhalter einigen müsse; Bartsch könne gewiß sein, daß ihm dieser Mann nach Möglichkeit nichts verweigern werde, denn Bartsch sei in seiner Vollkommenheit ein wundersames Tier, wie ein Wolf, ganz Muskeln und Kraft; ebenso gewiß könne er sein, daß der Ritter von Wittmar auf sein Tier wie auf seinen eigenen Augapfel achtgäbe und ihm

Speis und Trank in Hülle und Fülle, schöne Kleider, warme Frauen und einen Batzen Geld angedeihen ließe, damit er es beim Würfelspiel verprassen könne. Vielleicht würde sein Gewinn ja seine Vorstellungskraft übersteigen, wer weiß!

Als Udo von Wittmar seine Rede in seiner jungen Stimme beendet hatte, rief er seine Männer, die Hinz an Händen und Füßen fesselten und mit Tritten und Schlägen in ein Hundeloch voller Kot, Stroh und nackten Knochen warfen. Vor die Tür schoben sie einen schweren Riegel, dessen Ächzen zwischen den dicken, muffigen Mauern dumpf widerhallte.

Den ganzen Tag lang versuchte Hinz, sich seiner Fesseln zu entledigen. Er spannte die Muskeln bis zum Zerreißen, allein, es war umsonst. Am Abend wußte er, daß seine Wahl nur die eine sein konnte, nämlich die von Wittmar auferlegte: Entweder würden ihm drei seiner Finger abgehackt, was ihn zu einem jämmerlichen Krüppel gemacht hätte, oder er würde sich einverstanden erklären, sich den Gefolgsleuten der Trutz anzuschließen. Schließlich würde es ihm früher oder später gelingen, die Flucht zu ergreifen! Er dachte voller Groll und Haß an den Raubritter, und daß er ihn damals in der Folterkammer, als er sich in seiner Gewalt befand, hätte in Stücke reißen sollen. Er sah lange auf den schwarzen Himmel, und als der Kerl mit dem verklebten Lid kam, um ihn nach seinem Entschluß zu fragen, antwortete er, daß er bereit sei zu dienen.

Als Hinz gegen Abend vor den Ritter geführt wurde, schaute dieser auf seine vom verzweifelten Ringen wunden Arme und sagte: Was für ein Tier! Ein wundervolles Tier, trunken vor Angst und Rage! Du, mein Hinz Bartsch, bist dein Gewicht in Gold wert! Du bist ein Henker, werter Wolf, und in wessen Namen erhebst du dein edles Schwert? Im Namen der Stadtväter, im Namen der Bischöfe, Fürsten oder Könige? Genaugenommen bin ich auch ein Henker.

Und in wessen Namen schwinge *ich* mein Schwert, das einer meiner Vorväter in dieser oder jener Schlacht erbeutet hat? Im Namen der Leidenschaft für das Gold, das Stadt, Bischof, Fürst und König in die eigenen Taschen stecken. Denn von Nahem besehen sind auch der Bischof, der Fürst und der König nichts anderes als Henker des Allmächtigen, der über Könige und Königreiche richtet. Womöglich sind sie nichts anderes als seine Kerkermeister und Kuppler. Darum hast du nicht zu befürchten, lieber Hinz, daß ich auch nur einen Deut an deiner Ehre kratzen könnte, sagte er. Nein, nein, werter Freund. Unter dem Himmel sind wir beide, du und ich, uns gleich. Aber du hast Pech, mein Hinz Bartsch, und wir hatten Glück, daß du uns überraschend dargereicht wurdest, wie ein Geschenk für einen Feiertag. Pech hattest du. Reihe dich nun bei meinen Leuten ein – es wird zu deinem Glücke sein!

Er bat Hinz, ihm sein großes Schwert zu reichen, zog es zärtlich aus der Scheide, ließ es über den Fingernagel seines Daumens gleiten und las in seiner wohlklingenden Stimme die geprägte Inschrift:

Vom Kerker des Leibes werd' ich die Seel' nun trennen,
wird sie in der Hölle schmoren –
oder ist für den Himmel sie auserkoren?

Und mit einem liebenswürdigen Lächeln gab er Hinz das Henkerschwert zurück.

4

So geschah es, daß Hinz Bartsch zum Henker des Raubritters wurde, bevor er nach Braunschweig gelangte. Sein Amt war nicht von der schweren Sorte, denn der Raubritter kannte einfachere, zweckmäßigere Wege, dem Leben seiner Feinde ein Ende zu bereiten. Er bediente sich des Hinz nur in den seltenen Momenten, in denen er seinen Leuten und der Bevölkerung des Umlandes demonstrieren wollte, daß auch er niemand anderes war als ein Edelmann von hohem Adel, der den Weg des Raubes und des Totschlags gewählt hatte, um an seinen feindlichen Brüdern Rache zu nehmen. Im Laufe eines ganzen Jahres mußte Hinz Bartsch sein langes Schwert nicht öfter als zweimal schwingen, und für seine gute, präzise Arbeit heimste er von der jungen Stimme des Ritters, des Räubers, ausschweifendes Lob ein.

All diese Zeit brachte Huna Ilai unter den Heranwachsenden des Lagers zu. Hinz entdeckte immer wieder mit stummem Staunen, wie sich sein Schützling von Tag zu Tag veränderte. Immerfort bedeckte Schmutz das Antlitz des Knaben, seine Hände und sein ungezügelt wachsendes Haar. Seine Stimme verlor ihre kindliche Reinheit, seine Zunge wurde grob. Zwar entging es Hinz nicht, daß der Jüngling bedacht war, mehrmals täglich zu beten, und daß er irgendein kleines ledergebundenes Buch studierte, das stets in einem Beutelchen aus Samt und Seide in seinem Schoß verborgen lag, doch in allen restlichen Dingen unterschied er sich mitnichten von den jungen Burschen des Lagers. Das Versprechen des Henkers, ihn zu seinen Verwandten in die Stadt Hannover zu bringen, erwähnte er mit keinem Wort.

So war Hinz höchst überrascht, als Huna Ilai eines Nachts übers Jahr – vielleicht auch etwas mehr als ein Jahr nach dem Tag, an dem die beiden zu dem Räuberlager gebracht worden waren – völlig aufgelöst, die Augen rot und geschwollen vom Weinen und das Salz der Tränen auf den Wangen, in seine Stube stürmte.

Hinz befand sich just in der Gesellschaft eines Frauenzimmers, das seinen Leib mit Fleiß und hingebungsvoller Ausdauer mit einem warmen Handtuch rieb, wie es in diesem Landstrich die Gepflogenheit der Frauen aus dem Volke war. Hinz liebte die weiche Berührung der Frauenhände, die verschwommene Erinnerungen an das Glück in ihm weckten. Vielleicht hätte ihn zu jeder anderen Stunde grimmiger Zorn ob der Störung gepackt, doch beim Anblick des finsteren Gesichts des Knaben schickte er die Frau hinaus, hüllte sich in eine Decke und fragte, welcher Sturm Huna Ilai denn derart schüttele.

Huna Ilai wollte wissen, ob es zutreffe, was er gerade von dem Taschenspieler Ul gehört habe, daß die Getreuen von Hus eine schreckliche Niederlage erlitten hätten und ihr Krieg damit zu Ende und die Sache mit Verträgen und Bünden besiegelt worden wäre.

Darauf erwiderte Hinz, daß dies nach der Kunde, die zur Trutz gedrungen sei, in der Tat der Wahrheit entspreche; nicht nur die kaiserlichen Truppen hatten sich gegen die Hussiten erhoben, sondern auch zahlreiche Heere ihrer eigenen Brüder.

Bei diesen Worten verzerrte sich das Gesicht des Knaben, doch er faßte sich rasch wie durch ein inneres Bestreben, und er bat Hinz, ihn die Kunst des Schwertes zu lehren, denn es gelüste ihn mehr als nach allem anderen, dieses Handwerk zu beherrschen. Er hörte nicht auf zu bitten und zu flehen, bis Bartsch ihm schließlich versprach, ihn in die Geheimnisse seiner Kunst einzuweihen.

Mit zaghaftem Gemurmel und verblümten Fragen horchte Hinz den Jungen aus und erfuhr, daß dieser in der Hoffnung gelebt hatte, daß die Hussiten (über die er nur wenig wußte) mit all ihren Heeren daherkämen, um an den niederträchtigen Bürgern der Stadt Mohn Rache zu nehmen, die Türme der Stadt zu zerstören und für alle Ewigkeit dem Erdboden gleichzumachen. Nun gab es niemanden mehr, der das Blut seiner Eltern rächen würde. Huna Ilai wollte sich im Umgang mit dem Schwert üben, um sich eigenhändig an den Mördern seiner Mutter und seines Vaters zu rächen.

In der Tat kannte sein Fleiß bei den Übungen und in den vielen Stunden, die er dem Reiten widmete, keine Grenzen. Huna Ilai zog sogar los, um einen gut gesicherten Warentransport aus Flandern zu überfallen. Er bestand mit Bravour seinen ersten Schwertkampf, in dem er leicht verwundet wurde, und zog gar die Aufmerksamkeit eines der Räuberhauptmänner auf sich, der dem Ritter von seinen Taten berichtete.

Bis zu jenem Augenblick – es war im August des Jahres 1435 – hatte Udo von Wittmar den Jüngling vergessen. Nun rief er Hinz zu sich. Als er mit unverhohlenem Staunen vernahm, wer Huna Ilai in Wahrheit war, befahl er, ihn zu sich zu bringen. Diese Begegnung war schicksalhaft, und wenn sich nicht unmittelbar in ihrem Gefolge etwas Außergewöhnliches zugetragen hätte, so wäre unsere Geschichte hier vielleicht zu Ende gewesen.

Wie alle Männer des Lagers fürchtete sich Huna Ilai vor dem Ritter. Darum war er überrascht, als dieser freundlich zu ihm sprach.

Der weißhaarige Ritter musterte den Jüngling voller Verwunderung und war aufs höchste beeindruckt von dessen Liebe zum Henker und Loyalität zum Lager, von der der Knabe mit abgehackten Worten sprach.

Auf die Frage des Ritters, was er künftig zu tun gedenke, antwortete Huna Ilai, daß er um die Erlaubnis bitte, sich nach Hannover zu begeben. Dort müsse er einen höchst bedeutsamen Bund schließen, eine Zeremonie, die Juden ablegten, wenn sie dreizehn Jahre alt waren. Was ihn selbst betreffe, so war der Zeitpunkt schon vor Jahren verstrichen, denn nur zwei Wochen hatten bis zu jenem ersehnten Tag gefehlt, als es ihm auferlegt worden war, aus Mohn zu fliehen und nichts als das nackte Leben davonzutragen. Sobald er diese seine Bar Mizwa bestanden habe, sagte Huna Ilai mit übermäßigem, jugendlichem Ernst, wolle er mit Erlaubnis des Ritters zum Lager zurückkehren und an den Gefechten teilnehmen.

Anders als sein ältester Bruder Werner, der der Herr des Schlosses derer von Wittmar war, und anders als sein zweiter Bruder Lambert, der ein Heer des Markgrafen von Brandenburg befehligte – anders also als diese beiden, die zu den Edlen des Landes und zu dessen Oberschicht zählten, hatte der Ritter weder sein scharfes Auge noch sein Gespür für die Geheimnisse des Wesens der Menschen eingebüßt, denen er begegnete. Seine Blasiertheit beeinträchtigte seine Menschenkenntnis nur geringfügig. Doch die Tatsache, daß Huna Ilai Jude war, ein Abkömmling der Rasse der Verräter, blendete ihn ein wenig, und er fragte ihn argwöhnisch, wer denn für ihn bürge, daß er nach der Zeremonie wahrhaftig ins Lager zurückkehren werde.

Als Huna Ilai diese Frage hörte, bemächtigte sich seiner eine große Verwirrung. Sein Gesicht drückte Unglauben aus, wie sie der Raubritter seit vielen Jahren auf keinem menschlichen Antlitz mehr gesehen hatte: Er sei bereit, auf den Knien durch den Wald von Hannover bis zur Trutz zu rutschen, wenn der ehrwürdige Ritter ihn als einen seiner Kämpfer aufnehmen wolle, flüsterte Huna Ilai eifrig.

Als der Raubritter dies hörte und das hingebungsvolle Gesicht sah, geriet er für einen Moment in Verlegenheit. Er wandte den Kopf von den flehenden Augen des Jünglings ab und erinnerte ihn daran, daß seine Männer nichts als Straßenräuber seien und keine heldenhafte Kämpfer. Sein kleines Heer lebe von Raub und Schrecken. Alles andere sei nichts als hohles Geschwätz. Auch fügte er hinzu, wenn Huna Ilai bei sich denke, daß es ihm je gelingen werde, die Männer der Trutz in den Dienst seiner privaten Rache zu stellen, dann irre er gewaltig. Dann kehrte er sein Gesicht erneut dem Knaben zu und sagte, daß seinen Männern dann und wann jüdische Händler in die Hände fielen, mit denen man nicht sanfter verfahre, als die Bürger von Mohn mit den dortigen Juden.

Huna Ilai antwortete nicht. Er stand mit gesenktem Haupt vor dem Raubritter und wartete auf dessen Urteil.

Nun gut, dann soll es sein, sagte der Ritter schließlich müde, geh nach Hannover, wenn dies dein Wunsch ist, und kehre nach deiner Zeremonie hierher zurück.

Der Raubritter war überzeugt, daß der junge Bursche seine Meinung ändern würde, sobald er erst bei seinem Volk weilte, mochte der Junge in diesem Augenblick auch ehrlichen Herzens sein. Dennoch beschloß er, daß es von nicht geringem Interesse sei, diesen seltsamen Jüngling auf die Probe zu stellen.

Es ist nicht auszuschließen, daß der Ritter recht behalten hätte und es in der Tat so gekommen wäre, doch am nächsten Tag hielten die Kundschafter des Raubritters einen langen Zug von Reisenden an. Unter ihnen befand sich einer der Landsknechte des Markgrafen, seines verhaßten Bruders Werner, des Herrn des väterlichen Schlosses. Jener Freund des Ritterbruders namens Hermann Hauk zeigte sich stärker als andere gewillt, die Plage der Straßenräuber aus der Welt zu schaffen. Schon oft hatte er mit Todesverachtung den Männern des Raubritters nachgestellt, und es war ihm sogar gelungen, einige von ihnen zu fassen. In seinem Gefolge ritt Pater Melchior, der just aus der ewigen Stadt zurückkehrte, wo er die Sandale seiner Heiligkeit geküßt hatte, und nun auf dem Weg nach Basel war. Mit einem Schreiben an den Klerus im Gepäck sollten die Herzen der Diener der Kirche gewonnen und dem Papst (der bei ihnen in Ungnade gefallen war) nähergebracht werden, damit sie ihm bei der Säuberung des Landstrichs von Räubern und ketzerischen Hussiten halfen (welche selbst nichts anderes waren als zwei Söldnerheere, die sich nach ihrer Niederlage in die Wälder geschlagen und den Räuberbanden angeschlossen hatten).

Die Freude des Udo von Wittmar war grenzenlos. In den Sattelsäcken der Maultiere der langen Karawane fanden sich dicke Baumwollballen mit Aufschriften, die getreulich die Menge, die Qualität und das Gewicht markierten; in der Dokumententasche, die der Anführer der Reiter bei sich trug, befand sich gar die Beglaubigung eines Hafenbeamten, daß die Ware rein sei, ohne jeglichen Zusatz von Haar, Erde oder Schmutz. Was für eine Beute! Und dazu noch Hermann Hauk! Hermann Hauk, der die Trutz vor zwei Wintern um ein Haar erobert hätte, befand sich in seiner Gewalt!

Nun konnte der Raubritter verwirklichen, was er schon seit langem in seiner Brust geplant hatte: ein Gericht, mit vielen Teilnehmern, wie die Verhandlungen, welche in verschwenderischer Pracht und nach den zeremoniellen

Vorschriften in den großen Städten abgehalten wurden; schließlich waren die Gesetzesleute, die zu seinem Räuberquartier übergetreten waren, nicht weniger listig und wortgewandt als diejenigen aus der Gemeinde derer, die auf dem rechten Weg wandelten.

Das große Gericht fand in der Tat statt und war, was Strenge und Prunk anbelangte, vielleicht sogar imposanter als die Gerichte in den kaiserlichen Städten, wären die Zuschauer nicht in zerlumpten Kleidern erschienen und hätte sich nicht ein jeder in völliger Gewißheit über das Urteil gewogen, das zum guten Schluß gefällt werden sollte. Wahrhaftig, nach langwierigen Verhandlungen, die vor allem den Raubritter entzückten, wurde folgender Urteilsspruch gefällt: Die beiden Gefangenen – sowohl Hermann Hauk als auch Pater Melchior (der soeben mit einem von seiner Heiligkeit höchstpersönlich unterzeichneten Schreiben aus Rom zurückgekehrt war) – wurden zum Tode verurteilt.

Vergeblich flehte Hauk um sein Leben und gelobte unter Tränen und Gebrüll, daß aus dem Schatz des Werner von Wittmar, des Schloßherrn, ein hohes Lösegeld für ihn gezahlt würde. Umsonst versprach Pater Melchior mit gebrochener Stimme, daß die Kirche das für ihn verlangte Lösegeld noch verdoppeln und verdreifachen würde. Der Raubritter tat ihr Flehen mit breitem Grinsen ab und sagte: Er sei keiner von den Muselmanen und auch kein Sklavenhändler, der sich mit Lösegeldern mäste, sondern ein christlicher Ritter, dem es um Gerechtigkeit gehe. Es liege ihm fern, die Reinheit der Gerechtigkeit mit dem Schmutz der Habgier zu beflecken. Wir alle müssen für die Gerechtigkeit unserer Teuerstes opfern, bestimmte er.

Während der ganzen Woche, in deren Verlauf Gericht gehalten wurde, versäumte Huna Ilai keinen Augenblick der Verhandlung und bemühte sich nach Leibeskräften, den Worten des Klägers und des Verteidigers zu folgen. Doch schon nach zwei Tagen mußte er begreifen, daß dieses Gericht nicht der Gerechtigkeit diente.

Vergebens zürnte und kreischte Hauk und küßte Pater Melchior sein Kreuz, hob es in die Höhe und murmelte, daß sein Urteil nicht von einem Gericht von Sündern gefällt werde, sondern vor dem jüngsten Gericht des Himmels – das Schicksal der beiden war besiegelt. Am letzten Gerichtstag, als ihnen Handgelenke und Knöchel festgebunden wurden und ein jeder an ihnen vorübergehen und die Beschmutzten nach Herzenslust beleidigen konnte, trat auch Huna Ilai auf sie zu. Er postierte sich vor Pater Melchior, sah auf dessen tränenumspültes Gesicht und sagte zu ihm, daß er nun auf grausame Weise den Tod finden werde, und zwar nicht wegen der Taten, deren man ihn bezieh, sondern für den Tod von Hunas Mutter und seines Vaters in der Stadt Mohn; und für den Tod der Juden, die keinerlei Frevels schuldig gewesen waren; und auch der Tag seines Bruders, dieses Unholds, werde kommen.

Pater Melchiors Mund entfleuchten grausige Beschimpfungen. Er versuchte Huna Ilai ins Gesicht zu spucken und schrie den Umstehenden zu, daß sie ihn vor dem Mörder Gottes beschirmen sollten. Vor dem Judas. Vor dem Sohn derer, die den Messias verraten haben. Vor der Brut des Beelzebub, die die Wünsche des Vaters zu erfüllen trachtet. Vor den Mördern seit Anbeginn, die nicht vor der Wahrheit bestehen, da es in ihnen keine Wahrheit gibt.

Er drohte, daß Legionen von Kreuzfahrern den Wald stürmen und keinen aus der Räuberbande verschonen würden, und schrie immer wieder in lateinischer Sprache: *Ad loca, Demones!*

Das Räuberpublikum scharte sich um ihn und grölte über

sein Schreien und Stöhnen. Es waren welche darunter, die den stürmischen Pater Melchior um Absolution von ihren Sünden baten und ihm einen schnelleren Tod versprachen, wenn er ihrem Wunsch nachkäme. Andere beruhigten ihn übermütig, daß er um die Erlösung seiner Seele nicht bangen müsse, da der ruhmreiche Medicus, der frühere Mönch Oswald Celte, der selbst im ruhmreichen Padua Vorträge über die Geheimnisse der Heilkunst hielt, schon bald herbeieilen werde, um ihm die letzte Beichte abzunehmen.

Als Pater Melchior dies vernahm, fiel er vor jähem Groll in Ohnmacht. Er wußte nur zu gut, daß sich jener ehemalige Mönch und Arzt (der einmal sein Lehrmeister gewesen war, den man schon in seiner Jugend pries, weil er die Eichel sei, aus der einst die Eiche der Kirche wachsen würde) seit vielen Jahren in Unreinheit suhlte und zum treuen Diener Luzifers geworden war.

5

An seinem Hochzeitstag mit Jakobine, dem glücklichsten Tag seines Lebens, hatte Hinz Bartsch in einem fort daran gedacht, wie schwer es ihn treffen würde, wenn auch sein Sohn zum Henker würde, wie einst sein Großvater vor ihm, wie sein Vater und er selbst. An jenem Tag hatte er ein Gelübde abgelegt: Er wollte alles tun, was in seiner Macht stand, um seinem Sohn dieses Schicksal zu ersparen. Darum peinigte ihn Huna Ilais erstaunlicher Wunsch, ihm bei der Hinrichtung von Pater Melchior und Hermann Hauk zu helfen, aufs höchste.

Umsonst versuchte Hinz auf Huna Ilai einzuwirken und ihn im Guten davon abzuhalten. Doch als es ihm nicht gelingen wollte, seinen Lehrling zu überzeugen, schwieg er lange, das Gesicht verschlossen wie das Antlitz eines Toten. Schließlich wandte er sich an Huna Ilai und ersuchte ihn, sich mit der Hinrichtung Pater Melchiors zu begnügen, der fürwahr die Bürger zum Mord an seinen Eltern aufgehetzt hatte. Ihm sollte er es überlassen, Hermann Hauk zu töten.

Huna Ilai nickte zum Zeichen der Zustimmung, doch sah er Hinz mit einem Gemisch aus Unverstand und Feindseligkeit an. Sei's drum, sagte sich Hinz in seinem Innern, schließlich ist Huna Ilai nicht mein eigener Sohn, und so erlaubte er ihm, ihm beim Bau des Doppelgalgens zur Hand zu gehen. Dieser Blick Huna Ilais bohrte sich jedoch wie ein Pfeil in ihn und hinterließ eine ewige Wunde.

Wie bei allen Unternehmungen des Raubritters wurde beim Bau des doppelten Galgens auf größte Schönheit und äußerste Sorgfalt und Genauigkeit wertgelegt. Das hölzerne Podest schallte unter den Schritten der Todeskandidaten wie die gespannte Haut einer trefflichen Pauke, und der Duft frischen Sägemehls lag in der Luft. Man stellte den Galgen im Hof der Trutz auf, dem einstigen Gemüsegarten der Mönche, der nun als kleine Koppel für die Rösser des Raubritters und einiger seiner engsten Gefolgsleute diente. Krüge mit Gewürzwein aus den Mittelmeerländern wurden ohne Entgelt an einen jeden Versammelten ausgegeben, und Dutzende bunter Flaggen und Fähnchen flatterten im heiteren Wind.

Hauk, der besoffen und schier besinnungslos war (jemand hatte sich seiner erbarmt und ihm heimlich einen gehörigen Krug Branntwein in die Zelle geschoben), wußte kaum, wo er sich befand, und brachte gar ein blödes Grinsen zustande, als er unter dem Galgenstrick stand; Pater

Melchior hingegen hörte nicht auf zu bellen, zu knurren und zu brüllen und sah gehetzt um sich. Womöglich nahte ja Rettung im allerletzten Augenblick. Er konnte es nicht fassen, daß sein letztes Stündlein geschlagen haben sollte. Er verweigerte die Beichte und verschmähte die Absolution durch Oswald Celte oder Bruder Ägidius, einem weiteren Mönch, der zum Gefolge des Räuberquartiers gehörte. Voller Panik und Abscheu schaute er in Richtung einer kleinen, kichernden Gruppe von Zuschauern, in deren Mitte dickleibig und mit gerötetem Gesicht, in seidenen Feiertagsgewändern und teurem Pelz, der Doktor Celte stand.

Über den stattlichen Mauern des verfallenen Klosters trieben die Flaggen des Udo von Wittmar im Wind, auf die die Insignien seiner Familie – ein großes Kreuz zwischen den Zinnen der Stadtmauer von Jerusalem – gestickt waren. Ein Wolkenschatten zog hurtig über den Anger. Tränen der Verzweiflung quollen Pater Melchior aus den Augen. Bruder Ägidius ging auf ihn zu und spottete: Wohl dir, Melchior, der Heiland hat dir im bedeutendsten Moment deines Lebens die Tugend der Träne geschenkt. Weine, weine, laß die Tränen fließen wie Tautropfen.

Bei diesen Worten spie Pater Melchior dem Mönch ins Gesicht.

Jener wischte ohne Eile über seine fetten Wangen und sagte: Melchior, Melchior, der Teufel verlangt danach, dich wie Weizen im Sieb zu rütteln. Schickt es sich, sich ihm zu verweigern? Womöglich ist es gar nicht der Leibhaftige, der deine Seele fordert, Melchior? Sondern der, der dich liebt – und er ist es, der dich tadelt und peinigt?

Ein böhmischer Spielmann, ganz in Weiß gekleidet, schlug die Trommel, und Hinz Bartsch ermahnte Huna Ilai zum letzten Mal, den Knoten des Galgenstricks zu drehen, damit er unter dem Ohr des Priesters oder unter dessen Kinn ruhte und das Genick rasch zum Bersten brachte. Er legte die todbringende Schlinge um Hauks Nacken, und der Knabe Huna Ilai, der Sohn des Rabbi Abraham, legte den tödlichen Strick um Pater Melchiors Hals. Wie üblich, bat Bartsch den Sterbenden um Vergebung. Der sah ihn mit stumpfen Augen an, und ein schmales Lächeln legte sich auf sein Antlitz, ein trunkenes Grinsen, aus dessen Winkeln die Angst hervorblitzte, die allmählich in ihn zu sickern begann. Er lallte ein paar Brocken und nickte mit dem schweißnassen Haupt.

Pater Melchior, der vor seinem Aufstieg zum Galgen nur aus Brüllen und Haß bestanden hatte, schwieg nun. Kein Ton kam über seine Lippen. Sein Antlitz, auf dem sich gräßliche Blässe verdichtete, zeigte keine Regung. Auch als Huna Ilai ihm zuraunte, daß er bis in alle Ewigkeit in den Flammen der Hölle schmoren werde, blieben seine Züge starr. Das große Publikum, das sich drängend um den Galgen versammelte, staunte, daß das Gesicht des jungen Henkers ganz und gar unbedeckt geblieben war – ohne Maske, nicht wie das Gesicht von Hinz Bartsch – und seine Lippen nah beim Ohr des Todgeweihten ruhten.

Als der Raubritter mit den Fingern ein Zeichen gab, wurden die Tore des Todes geöffnet. Im selbigen Augenblick spannten sich die Stricke wie Saiten, und die beiden Galgenbrüder wiegten sich in der leichten Brise, die durch die Wipfel der Bäume ringsherum rauschte. Der Raubritter brach in schallendes Gelächter aus, klatschte in die Hände und hob einen gewaltigen Silberkrug auf die Himmelfahrt der Seelen seiner Feinde zum Tor des Paradieses.

Huna Ilai sah mit stierem Blick voran, Leichenblässe lag über seinem Gesicht, und Hinz führte ihn zu seiner Hütte.

Mehr als zwei Wochen brachte Huna Ilai auf seiner

Bettstatt zu. Er fieberte vor Hitze. Schaum und Geifer traten aus seinen spröden, zerfurchten Lippen. Hinz Bartsch war zutiefst bekümmert, Huna Ilai könne sich von seinem Krankenbett nicht mehr erheben. Er rief Oswald Celte, der sich indes mit seiner Tochter Gerlinda und seinem Adlatus im Räuberlager niedergelassen hatte, nachdem Udo von Wittmar den Entschluß gefaßt hatte, daß er dringend eines Arztes bedurfte, da er im Laufe des vergangenen Jahres ein wenig hinfällig geworden war.

Wahrhaftig verweigerte Celte die Hilfe nicht, denn die Kunde von Hinz Bartsch und dessen Kenntnis des menschlichen Körperbaus (eine Kunst, die ihm sein Vater hinterlassen hatte) war längst an sein Ohr gedrungen. Auch wollte er von dem kranken Jüngling ein paar Dinge erfahren, hatte er doch Fragen zu ein paar hebräischen Buchstaben, deren Zusammensetzung ihn beschäftigte.

Doktor Celte kannte die namhaften medizinischen Bücher wie »Ars parva«, »Articella« und die »Anatomia membrorum interiorum« aufs genaueste und besaß nicht wenige Schriften des wundersamen Gelehrten Galenus, der bis zum Alter von fünfundneunzig Jahren lebte. Für die »Anatomia« hätte er gar eine ansehnliche Summe Geldes herausschlagen können, wenn er sich von ihr getrennt hätte, denn die Handschrift enthielt eine Vielzahl beachtlicher, für das Auge in angenehmen Farben gemalter Skizzen. Er besaß selbstredend auch die Abschrift eines Pergaments des Hippokrates. Überdies kannte der Medicus die Bücher und Abhandlungen des Mundinus de Lazzi (dessen Name bei den Italienern Raymundino dei Lazzi lautete) und des Guido de Cauliaco, wie ihn die Italiener nannten (der aber in Wahrheit Franzose war), jenes päpstlichen Leibarztes aus der Auvergne, der auf französisch Guy de Chauliac hieß. Dieser hatte sein Buch in Avignon im ersten Jahr der

Regentschaft des Papstes Urban V geschrieben und empfahl die richtigen Monate für jede Operation und den Aderlaß, da er auch in der Astrologie bewandert war. Letzterer war höchst gefährlich im Sternzeichen des Krebses und trefflich im Zeichen der Waage.

Dem Doktor Celte hatte sich nur höchst selten die Gelegenheit geboten, Leichen zu sezieren, obgleich er die Kunst des Sezierens von ganzem Herzen kennenzulernen wünschte. Im Grunde hatte er bisher keine vollständigen Operationen durchgeführt, bis auf zwei Mal in seinem ganzen Leben, und dies, wegen der strengen Verbote, in aller Heimlichkeit. Und siehe da, das Gerücht drang an sein Ohr, daß der Vater von Hinz Bartsch nicht nur Leichen zerlegt hatte, sondern auch ein großer Kenner all jener für Hebammen verfaßten Schriften war, die einfach geschrieben und doch von erstaunlicher Genauigkeit waren. Er besaß sogar eine unbekannte Handschrift des großen Jan Yperman, an deren Rand es kostbare Bemerkungen aus der Feder des größten aller Ärzte von Flandern und Burgund gab, die als Experten ohnegleichen für den Bau des menschlichen Leibes und all seiner Glieder galten.

Alle Bewohner der Trutz waren überzeugt, daß ein Dasein unter den Räubern des von Wittmar, ein Leben wie unter aufsässigen, dreckigen Kindern, nicht nach Celtes Geschmack sein konnte. Nicht für einen Mann, der an einen verwöhnten Lebensstil, Gaumenfreuden und festliche Kleider gewöhnt war. Doch Celte trug lang und breit vor, erzählte einem jeden, der ihm sein Ohr lieh, daß dies Verunglimpfungen scheelsüchtiger, engstirniger Menschen seien, die ihn bezichtigten, mit seiner Medizin einer jungen Erbin geholfen zu haben, einen reichen Greis zu vergiften. Alles unlautere Verleumdungen, die die Unkenntnis dieser Leute in den Mysterien der Heilkunst zutage brachten. Just diese üblen Nachreden seien es auch gewesen, die ihn in die Wälder getrieben hatten, um dort sein Leben unter Räubern und Plünderern zu fristen.

Der Arzt mit den roten Wangen untersuchte Huna Ilai auf Leib und Nieren und sagte zu Hinz Bartsch, die Krankheit des jungen Burschen sei nicht recht eindeutig. Mit Hilfe eines Tranks, den er in seiner Arzneikiste mit sich führte, würde der Knabe jedoch in Bälde genesen. Gegen Ende seines Besuchs fragte er den Henker schmeichelnd, ob die Gerüchte stimmten, daß Hinz Bartsch eine Handschrift des Jan Yperman bei sich trüge; und ob er bereit wäre, ihm dieses Schreiben einmal auszuleihen, um die Bildung bedauernswerter Ärzte, die sich im Wald in der Verbannung befänden, ein wenig zu fördern.

Noch nie zuvor hatte Hinz die Handschrift aus der Geheimtasche in seinem Mantel gezogen. Doch wie viele andere Männer des Lagers war auch er von der Ausstrahlung des Arztes, auf dessen Lippen stets ein dünnes Lächeln des Vergnügens an der Welt lag, geblendet. Ringe steckten an allen Fingern des Medicus, und Ketten, mit Edelsteinen besetzt, baumelten ihm um den Hals. Hinz Bartsch gab die Handschrift in die Hände des Arztes, und dieser lud ihn sogleich zu sich zum Trunke. Er besaß eine Kiste, nicht größer als seine Arzneienkiste, in der sich ein Dutzend Flakons mit wundersamen Essenzen befanden, die ihresgleichen suchten, um jedwedem Spiritus Geschmack und Blume zu verleihen. Diese Kiste hatte er von einem Klostervater erhalten, den er von einer äußerst blamablen Krankheit vor dem schändlichen Tod gerettet hatte.

Als der Arzt die Hütte verließ, hatte Hinz Bartsch für einen Moment das Gefühl, der Wirtin eines Freudenhauses begegnet zu sein, die durch und durch aus gekünstelter Leichtigkeit bestand und deren Gesten das Gestatten jeglicher Kaprizen zum Ausdruck brachten. Doch wunderte er sich über seine Gedanken und schob sie verächtlich von sich.

Die Tinkturen und Pulver des Arztes taten das ihre. Huna Ilai war nach fünf Wochen genesen. Obwohl er noch sehr schwach war und seine Gesichtshaut durchsichtig zu sein schien, übte er sich wieder im Schwingen des Schwertes und im Reiten, das in dieser Jahreszeit freilich auch einen schwächeren Menschen, als er es war, zu Kräften gebracht hätte. Von jenem Tag an erwähnte er die heilige Zeremonie, in der sich die Juden mit dreizehn Jahren bewähren mußten, mit keinem einzigen Wort, und seinen Wunsch, nach Hannover zu gehen, schien er ganz und gar vergessen zu haben.

Tag für Tag besuchte er nun den Doktor, verbrachte viele Stunden in dessen Gesellschaft und erweckte somit Hinzes Neid, der sich einzureden versuchte, daß Huna Ilai dem Doktor allein wegen dessen hübschem Töchterlein Gerlinda so häufig seine Aufwartung machte.

Huna Ilai gesellte sich nicht zu den jungen Räubern in ihren Nächten des Suffs und der Tollheit. Gerlindas Erscheinen im Räuberquartier hatte ihn bis ins Mark erschüttert. Immerfort kreiste er in ihrer Nähe, brachte ihr heimlich kleine, aus Feldblumen gewundene Kränze und legte erlesene Birnen und Baumharz für ihr Eichkätzchen vor die Tür ihrer Kammer. Als ob ein starker Wind gegen seinen Rücken blies und ihn in ihre Nähe trieb, ward der Jüngling wie gegen seinen Willen von ihr angezogen.

Die Sache amüsierte Hinz Bartsch und rührte sein Herz zutiefst. Aber schon bald mußte Hinz einsehen, daß Huna Ilai – auch wenn er sich zu Gerlinda hingezogen fühlte – schließlich zu dem Arzt ging, um zu lernen – so wie er von ihm die Kunst des Schwertes erlernte.

Eines Abends, nach einem recht gefährlichen Gefecht, in das die Horde hineingeraten und in dessen Verlauf Huna

Ilai um ein Haar gefangengenommen worden war, deckte Hinz Bartsch den Tisch, um mit dem Jüngling zu speisen. Doch jener bat, den Arzt besuchen zu dürfen. Dieses eine Mal gesellte sich Hinz Bartsch zu ihm, um sich mit eigenen Augen und Ohren ein Bild vom Wesen der Gespräche zu machen.

In allen Ecken der Hütte brannten Lampen. Der Arzt saß neben einem glühenden Ofen, einen Weinkrug und eine Schüssel mit Fleisch und Kohl vor sich, und studierte ein dickes Buch. Er zeigte sich hoch erfreut, als er die beiden sah. Nachdem sie die vom Regen schweren Mäntel abgelegt hatten, begrüßte er sie mit einem schmalen Lächeln, das sein fettes Gesicht zu erhellen schien.

Nach einer kleinen Weile kam Hinz Bartsch in den Genuß einer Kostprobe der Unterhaltung zwischen seinem Schützling und dem Arzt, und was er da vernahm, verwunderte ihn sehr.

Zunächst wies der Arzt auf das rote Tischtuch, eine verschwenderische Seidendecke, darauf Drachen, Monstren, gewundene Schlangen und die Gestalten des Zodiakus gezeichnet waren. Er deutete auf die Kristallkugel in der Mitte des Tisches und auf die Glücksbringer aus Papierstreifen, die sich wie kleine Raupen um die Kristallkugel rankten, und sagte mit einnehmendem, breitem Lächeln: Da habt ihr die Insignien eines Menschen wie mir, eines bescheidenen, in Demut wandelnden Medicus, dessen Taschen stets leer sind.

Auf Huna Ilais Frage, warum der Arzt ein Buch lese, während er schmause, wischte sich Doktor Celte über die Lippen und antwortete, indem er zum Scherz mit den lateinischen Worten *respondeo dicendum* begann: Er sehne sich danach, in den Büchern zu lesen, doch das Lesen jedweden Buches erwecke abgrundtiefe Abscheu in ihm, für die er sich seit Jahr und Tag mit Fleisch und Wein entschädige. Der Arzt entblößte seinen Nacken, zeigte beiden eine breite Narbe und sagte, daß man Huna Ilai sicherlich niemals während seines Studiums geschlagen habe, denn das Schlagen des Schülers gehöre nicht zu den Gepflogenheiten seines Volkes. Ihn jedoch hatte man blutig gehauen. Nicht selten war er hungrig und krank des Wegs gegangen, und die lateinischen Worte, die sich in seine Erinnerung geprägt hatten, als habe sie einer mit glühendem Eisen in sein Hirn gebrannt, waren Bitten um Brot.

Auch sagte der Arzt, daß er eine beträchtliche Anzahl von Büchern gelesen habe und die grobschrötigen, ungebildeten Edlen verstehe, die ihre Bücher mit Kleinodien aus kostbarem Elfenbein, wundervollen Edelsteinen und bestickter Seide überzogen, die teurer waren als die Schmuckstücke, mit denen sie ihre Frauen und Buhlen schmückten. Ja, eine gar wundersame Sache ist das Buch! Die Leute deines Volkes sollten sich glücklich schätzen, sagte er und warf Huna Ilai einen Seitenblick zu, denn sie sind das Volk des Buches, und der Gekreuzigte, der in ihrer Mitte geboren wurde, ist der einzige Gott aller Götter, dessen Gestalt man mit einem Buch in der Hand malt und zu bunten Fenstern zusammensetzt. Aber ohne ein Quantum Wein und einen trefflichen Braten lasse er die Hände von den Büchern, denn sie deprimierten ihn, so wie sie ihn in seiner Kindheit und Jugend in Angst versetzt und ihm Leid verursacht hatten. Seine Befangenheit vor Büchern war nicht mit der des heiligen Franziskus zu vergleichen, der prophezeit hatte, das Lesen von Büchern bedeute das Ende des Ordens, den er gestiftet hatte, und der darum seinen Mönchen das Lesen untersagte und ihnen befahl, an ihrer christlichen Lebensführung zu arbeiten und alle Bücher in Schränke und Kisten zu verbannen; nein, seine Befangenheit, erzählte er, entsprang seinen abscheulichen Erinnerungen und rührte von Angst und Schrecken her.

Auf Huna Ilais Frage, ob er denn gar nicht bete und keine heiligen Bücher studiere, antwortete der Arzt wie vordem mit der Phrase *respondeo dicendum* und gestand, überhaupt nicht zu beten.

Beten? fragte er, o nein, nein! Er bete seit vielen Jahren nicht mehr! Für eine Weile habe sich seine Seele, so sagte er, mit Tugenden und Sünden im Kampf befunden, aber nun lerne er eine Lektion in dieser oder jener Sünde und vergieße keine Träne darüber, daß jeder gute Teil in ihm verdorben sei. Er jammere nicht – wo seid ihr, wo seid ihr, ihr unbefleckten Teile? Meine Seele sehnt sich nach euch! Und es sei ihm auch gleichgültig, sagte der Arzt, wenn man ihn mit stechenden Augen durchbohre.

Ist es denn die Möglichkeit, sagte er, und heftete jäh seine großen aufblitzenden Augen auf Huna Ilai, daß ich Gott kenne, wenn ich nicht einmal mich selber kenne? Er habe also auf jene Goldkette des Gebets verzichtet, mit deren Hilfe die Sterblichen in den Himmel gelangen; diese Kette war um seinen Hals zu einem Mühlstein geworden. Recht hatte der heilige Augustinus, als er bekannte, Schönheit, Geld, Edelsteine und Gold besäßen Anziehungskraft und jeder Sinn würde seiner Wesensart gemäß Genuß bringen, wenn man ihn nur ließe.

Dann fragte Huna Ilai erneut, wer also der Gott des Herrn Celte, des Arztes, sei? Worauf jener wie vordem antwortete: *Respondeo dicendum* – mein Gott ist der Gott des Windes, Aiolos, und ich habe keinen anderen neben ihm. Ich sehne mich nach jenen frühen Tagen, als alles Gott war, bis auf Gott selbst, und als die seltsamsten Geschöpfe in Wagen herniederstiegen. Seit Jahr und Tag ziehe ich schon die Trunkenheit Babels dem Frieden Zions vor. Recht haben deine Glaubensbrüder, so sehr sie auch in ihrem selbstgeschaffenen Verlies des Geistes gefangen sind, in dem sie ihre Köpfe voller Verachtung und Angst von allem abwenden, was ihnen nicht befohlen ist. Bei uns sagen die Gelehrten: Schließlich lesen wir die Dichter Roms nicht, weil wir ihre Legenden über die heidnischen Götter glauben; was wir lieben, ist ihr Stil, die Harmonie ihrer Worte, die Tiefe ihres Denkens, die Herrlichkeit der Form; und so heißt es stets zu Beginn einer genußvollen Sünde.

Huna Ilai sah mit Abscheu und Beklemmung auf Doktor Celtes Zeichnungen.

Dies sind Zeichnungen von Proportionen, sagte der Arzt, die in dem Antlitz und Leib des Menschen bestehen, wie sie der unsterbliche römische Architekt Vitruvius festgestellt hat. Hier, seht nur, hier wird es jedem Auge klar, daß die Länge des Gesichts von der Spitze des Kinns bis zum Haaransatz am oberen Rand der Stirn einem Zehntel der Körperlänge entspricht; die Länge des Kopfes, vom Kinn bis zum Scheitel, macht ein Achtel der Körperlänge aus; und der Abstand von der Brustmitte bis zum Scheitel beträgt ein Viertel vom ganzen Leib. Und hier, zeigte der Arzt mit seinem wulstigen Finger, auf dem ein mit Karneol besetzter Ring prangte, hier ist der Nabel. Es stellt das Zentrum des menschlichen Körpers dar. Wenn der Mensch auf dem Rücken liegt und seine Beine und Arme nach den Seiten ausstreckt, kann er einen Kreis beschreiben, dessen Zentrum der Nabel ist und dessen Umfang bis zu den Spitzen der Finger und Zehen reicht.

Huna Ilai verzog das Gesicht und sagte, daß diese Blätter ihn beängstigten wie das Kartenlegen. Darauf kicherte der Arzt und klappte die Mappe mit den Skizzen mit einem lauten Knall zu. Huna Ilai, der schon befürchtete, den Arzt gekränkt zu haben, warf ein, daß ihm die in vielerlei Farben gezeichneten Notenblätter für Spiel und Gesang sehr gefielen. Noch mehr sage ihm aber der Schädel auf dem Tisch zu. Obgleich er in der Klosterruine zahllose Totenköpfe zu Gesicht bekommen habe (darunter alte ebenso wie neuere Exemplare), habe er noch niemals zuvor einen Totenkopf gesehen, der derart anmutig und prächtig ausgesehen habe, selbst wenn er nicht auf einem Würfel aus schwarzem Marmor stünde.

Bei diesen Worten lachte der Arzt schallend.

Obwohl er nur wenige Aussagen des Arztes verstand, schreckte Hinz Bartsch vor ihm zurück. Wie in der Stunde, als der Arzt gekommen war, um Huna Ilai zu behandeln. Mehr als alles ließen Hinz Doktor Celtes Worte über die großen Heiligen erschaudern. Doch er wurde gewahr, daß Huna Ilai funkelnde Augen des Staunens und der Ehrerbietung zu dem Arzt erhob. Gierig verschlang er jedes Wort aus dessen Mund, und sein ganzes Gebaren zeugte von einer Achtung sondergleichen, in deren Genuß Hinz selber nie gekommen war.

Huna Ilai beeilte sich, den Kelch des Arztes zu füllen, wann immer er sich leerte. Er lauschte höchst aufmerksam, nickte häufig zum Zeichen der Zustimmung und stieß leise Rufe der Überraschung über die Reden des Arztes aus.

Wieder fragte sich Hinz Bartsch, ob der Grund für all dies seine Zuneigung zur Tochter des Arztes oder vielmehr seine Bewunderung für diesen dickbauchigen, schwatzhaften Mann war.

Hinz war überrascht, daß sich auch der Doktor Celte mit einem gewissen Respekt an Huna Ilai wandte und ihm gar offenbarte, daß er in seiner Jugend gern ins Heilige Land gesegelt wäre. Allein, er war davor zurückgeschreckt, denn es waren derer viele, die den Seelen und Säckeln der Pilger auflauerten und sich nach Jerusalem zum Grab des Gekreuzigten aufmachten. Er hatte sich auch vor den Piraten und Kriegsschiffen gefürchtet, die noch tausendmal schlimmer und gefährlicher waren. Denn wie die Läuse wimmelten die Schiffe der Venezianer, Türken, Kastilier, Katalanen (und wer weiß, welche Höllenschiffe noch!) in den Gewässern des Mittelmeers.

Kaum, daß er solch ein Geständnis seiner Feigheit abgelegt hatte, ersuchte Doktor Celte Huna Ilai, ihm zwei Fragen über die hebräische Sprache zu beantworten: Stimmt es, daß die drei elementaren Buchstaben *Alef*, *Schin* und *Mem* folgendes symbolisieren: das *Alef* den Einen und die Vollkommenheit, die Luft und den Atem, das *Schin* das Feuer, die Weisheit und den Sommer und das *Mem* den Winter, das Wasser und den ewigen Fluß. Und wenn man die Buchstaben zusammenfügt, entsteht das hebräische Wort für „Schuld", die das Fundament der Welt ist? Denn schließlich kann die Perle nicht ohne Wunde entstehen, und erst durch die Qual der Raupe kann der Schmetterling der Erhabenheit schlüpfen, nicht wahr? Stimmt es, daß die drei Buchstaben *Alef*, *Schin* und *Mem* nichts als Maß, Proportion und Gewicht bedeuten – die wundersamen Schnüre, mit denen Gott die Glieder der Puppe der Welt bewegt, wie einer der Weisesten unter den Menschen sagte?

Ergo, so sagte sich Hinz in seinem Innern, scheint an dem Gerücht etwas Wahres zu sein, wonach sich der Arzt heimlich mit dem Entschlüsseln von Träumen, mit Zauberei und der Suche nach dem Stein der Weisen beschäftigte; denn wenn dem nicht so war, warum legte er eine solche Neugier für die verfluchten, hebräischen Buchstaben an den Tag? Als Hinz sah, daß Huna Ilai sich über die Blätter auf dem Tisch des Arztes beugte und sich in die darauf abgebildeten Zeichnungen vertiefte, stand er auf und verabschiedete sich von beiden.

Bis dahin hatte Hinz die Tochter des Arztes nur aus der Ferne gesehen. Sie hieß Gerlinda, und man erzählte sich über sie, daß der Arzt sie in allem und jedem zufriedenstellen wollte. Unter anderem hatte er ihr ein Eichkätzchen gekauft, damit sie wie eine Dame ein eigenes Tier besaß.

Huna Ilai diente Hinz Bartsch zwar wie vordem, war ein guter, treuer Lehrling und lernte aufs beste das Gewerbe des Scharfrichters, schwang das große Schwert mit Leichtigkeit und schlug in höchster Genauigkeit auf die Linien, die für ihn mit Kreide auf Holzböcke markiert wurden, dennoch war Hinz unglücklich wegen der vielen Stunden, die Huna Ilai in der Gesellschaft des Arztes verbrachte.

In der Tat verschaffte ihm Huna Ilai schon bald die Gewißheit, daß Doktor Celte wahrhaftig nach dem Stein der Weisen suchte. Huna Ilai hatte davon erfahren, als er mit drei Räubern, dem Arzt und einem verschreckten, kränklichen sächsischen Händler, den man gefangengenommen hatte, um für seine Befreiung ein kümmerliches Lösegeld herauszuschlagen, in ein kleines Bergdorf geritten war. Kaum, daß sie den gebrechlichen, fiebernden Händler seiner Familie, die zu eben jenem Dorf gekommen war, übergeben hatten, verließen sie auf Wunsch des Arztes den Weg, um einen greisen Alchimisten aufzusuchen, der in einem niedrigen Steinhaus am Hang eines felsigen, kahlen Berges hauste.

Der Alte sprach mit heftiger Begeisterung, wedelte mit den Armen in der Luft, und seine Augen glühten, als er dem Doktor Celte seine Aufzeichnungen zeigte, seine Retorten und geheimen Portraits der Engel Rasiel und Chasdiel, und mit Ehrfurcht den Namen des Hermes Trismegistos sowie die jüdische Maria und Zosimos von Panopolis erwähnte. Die listigen Augen des Arztes hatten mißtrauisch jede Einzelheit erforscht, Namen und Zahlen aufgesogen und für alle Zeit in seinem Gedächtnis festgelegt.

6 Eines Morgens – fast drei Monate, nachdem der Arzt zum Quartier des Raubritters gestoßen war – fragte Hinz Bartsch Huna Ilai mit dumpfer Stimme, wie ernsthaft seine Beziehung zu dem Arzt und zu dessen schöner Tochter Gerlinda sei. Er bitte um eine aufrichtige Antwort, falls Huna Ilai denke, daß solch ein Wunsch ihm zustehe.

Bei diesen Worten wurden Huna Ilais Augen feucht. Er antwortete dem schweigsamen Henker, daß er für immer und ewig in seiner Schuld stehe. Um was er ihn auch bitte, ohne zu zögern käme er dessen Wunsch nach.

Seine Erziehung, sagte er, sei von Anbeginn an durchweg in jener Judengasse, die auch »die Düstere« genannt wurde, in seiner Stadt Mohn gefangen gewesen. Von dem, was nicht in den heiligen Büchern stand, hatte er niemals etwas erfahren. Drum komme für ihn die Bekanntschaft des Arztes einem starken Licht gleich, das die Finsternis der Welt in Gegenwart und Vergangenheit erhelle. Überdies wisse er, fuhr Huna Ilai begeistert fort, daß der Arzt Träume deuten könne und in der Weisheit der Himmelskörper und der Natur von Flora und Fauna bewandert war. Huna Ilai sagte, es geschehe, daß er Nacht für Nacht, länger als eine Woche lang, ein und denselben Traum träume, wie in den heiligen Büchern, einen merkwürdigen Traum, der ihm offenbar etwas sagen wolle, ihn führen und zu einer unbekannten Tat, die zu vollbringen ihm obliege, geleiten solle. Noch habe er Angst, dem Doktor Celte die Einzelheiten dieses Traums zu offenbaren und ihn in seine Geheimnisse einzuweihen, sagte er. Auch habe er gehört, daß man sich erzähle, der Vater des Arztes sei ein heiliger Mann gewesen, der seiner Familie vor seinem Tod die Zukunft der Welt prophezeit habe, wie in früheren Tagen Isaak und Jakob.

Herrn Celtes Wissen ist unendlich, fuhr Huna Ilai fort. Erst gestern erzählte er von dem Riesenschlaf, der sechsundzwanzigtausend normale Jahre währte. Und vorgestern dachte Herr Celte über die Stimmen nach, die die Vögel ertönen lassen – ob sie wohl ein Gespräch sind oder Gesang, singen oder sprechen sie miteinander? Es war höchst lehrreich.

Hat er Kunde von deinen Treffen mit Gerlinda? fragte Hinz ohne Huna Ilai anzusehen.

Das Fräulein Gerlinda liebe er von ganzem Herzen, antwortete Huna Ilai kaum hörbar. Er sei bereit zu sterben, um den geringsten ihrer Wünsche zu erfüllen. Jeder Moment, den er nicht in ihrer Nähe weile, treffe sein Herz wie ein Schwertstreich. Die holde Gerlinda sei das einzig vollkommene Geschöpf auf Erden, von dem er wisse. Anfänglich hatte er gar gefürchtet, seine Blicke zu erheben und ihr in die Augen zu schauen. Und der glücklichste Moment seines Lebens war, als Gerlinda die Finger seiner Hand umfaßte und streichelte. Auch Gerlinda, so glaubte er, war ihm zugetan. Sie hatte ihm mehr als einmal offenbart, daß man ihnen vielleicht einst erlauben würde, die Trutz zu verlassen und in den Bund der Ehe zu treten.

Wie schön anzusehen, hatte sie gesagt, sind die roten Ziegeldächer um den Glockenturm einer Kirche! Wie ein Kranz von Wildblumen, aus deren Mitte er wächst! Rein, einsam und ein wenig abgehoben ruft er die fernen Wolken, die hoch droben wehenden Winde und die Wandervögel. Er berührt sie und berührt sie doch nicht, er ist die Blume der Blumen, der bedeutendste Sproß des Glaubens. Wie hübsch ist es, zwischen den um den Kirchturm gedrängten Häusern eine Leiter an einem Baum zu sehen, dessen Zweige schwer von süßen Früchten sind! Wie vergnüglich ist es, den Enten zuzuschauen, die im Hofe watscheln! Wie wunderbar ist es, auf einem gewölbten hölzernen Brücklein über einen tosenden Bach zu schreiten und in eine Allee zu gelangen, die zum Dorf hinführt! Wie gut ist es, in einem Haus zu wohnen, in dessen Decke unschuldige Turteltauben geschnitzt sind! Wenn der Duft der Reinlichkeit aus allen Kammern steigt und ein Spinnrad neben dem Kamin oder am Fenster steht und auf jedem Bord und auf jeder Fensterbank Blumengebinde duften und in Samt und Musselin gehüllte Puppen, Hirschkuhfiguren und Häsinnen aus schneeweißem Alabaster sitzen! Am Balken über der Eingangstür ist eine Tafel befestigt, darauf steht in herrlichen Lettern: Lieber Gott, segne dieses Haus, und alle, die da gehen ein und aus. Doch hier, sehr zu ihrem Verdruß, sagte sie, war es ihnen auferlegt, in einer gräßlichen Burg zu leben, zwischen verfallenen Mauern, im Dreck und immerwährendem Krieg.

Hinz sah Huna Ilai bekümmert an.

Es gibt auf Erden keine Maid, die so schön ist wie Gerlinda, sagte Huna Ilai bewundernd und glücklich. Nichts kommt ihrer himmlischen Schönheit gleich, wenn sie ihr Haupt mit dem spanischen Tuch, der Mantille, das ihr Vater ihr einst kaufte, schmückt, flüsterte er. Seine Augen waren halb geschlossen. Ein Tuch, ganz und gar aus Spitze, und aus der Mantillenspitze blickt ihr Antlitz, in dem jeder einzelne harmonische Zug vom Meißel eines Bildhauers gehauen scheint, so daß ich ihre Silhouette, den Bogen ihrer lächelnden Lippen und die kleinen Kuppeln ihrer Augenlider vor mir in die dunkle Luft malen kann, wenn ich zu Bett gehe ... Noch vor einem Jahr prüfte ich im Spiegel meine beiden Augen, ob ihre Farbe verschieden wäre, das eine schwarz und das andere grün wie die Augen von Alexander dem Großen; aber nun bin ich kein Kind mehr, und ich weiß, daß meine beiden Augen schwarz sind; sie haben nicht mal den Anflug eines grünen Schimmers. Meinst du, mein Vater, daß wir je die Trutz verlassen werden?

So sprach Huna Ilai zu Hinz Bartsch. Schon vor vielen Monaten, so verriet er dem Henker, hatte er dem langen Ul, dem Späher des Herrn von Wittmar, einen Batzen Geld für einen noch so geringen Hinweis auf den Aufenthaltsort des Bruders Bernold versprochen.

Hinz Bartsch antwortete, seine Worte einzeln abwägend, daß sie nun wahrhaftig aus der Trutz fliehen könnten. Sie kannten die Wege zur Genüge und wußten von Plätzen und Menschen, wo sie für einige Zeit Unterschlupf finden konnten, bis man es aufgab, nach ihnen zu suchen. Jedoch würde man ihm dann nie wieder einen Auftrag erteilen, weil er als Henker in der Trutz gedient hatte. Dies sei schon in dem Territorium und über seine Grenzen hinweg bekannt.

Er wisse zwar nicht, sagte er, was das für ein Traum sei, dessen Lösung sich Huna Ilai von dem Arzt erhoffe, aber wenn er noch immer seine Rachegedanken hege, dann möge er bedenken, daß er damit unwiederbringlich auf seine Liebe zu Gerlinda verzichten müsse, deren Schönheit Hinz, der Henker, der derbe Weiber liebte, ebenfalls bemerkt hatte. Es sei ganz und gar ungewiß, ob der Arzt Huna Ilai erlauben würde, seine Tochter zu heiraten, um deren Erziehung er sich sorge, als sei sie eine Prinzessin. Er habe von Ägidius, dem Mönch, erfahren, fügte Hinz hinzu, daß Gerlinda eine Schwester hatte, die so schön war wie sie selbst. Eine Krankheit hatte sie dahingerafft, deren Ursprung kein Arzt kannte, geschweige denn, das Geheimnis ihrer Heilung. Dies war bei ihrer Hochzeitsfeier geschehen, als sie sechzehn Jahre alt war. Er denke, daß Huna Ilai seine Schritte mit äußerstem Bedacht abwägen sollte. Wenn nicht, würde Verderben über ihn kommen, das man, Gott behüte, nicht verhindern könne. Er solle nicht zögern bei der Wahl seines Weges, er solle sich keinerlei Illusionen hingeben oder nach einem Wunder trachten, sondern einen durchdringenden, tiefen Blick darauf werfen, was ihn erwarte, denn das Schicksal sei wie ein Schwert, das auf den Nacken des Verurteilten sause. Man könne ihm nicht entfliehen, ebenso wenig wie der Gehenkte in der Luft einen Halt für seine Füße finde.

Eines wolle er Huna Ilai sagen: Wenn beide aus der Trutz fliehen wollten, so müsse es jetzt geschehen, ohne langes Zögern. Gerüchte seien ihm zu Ohren gekommen, daß der Markgraf ein großes Heer aufstelle. Wenn dieses Heer bereit sei zum Kampf, würde es ausziehen, um die Trutz und ihre Bewohner dem Erdboden gleichzumachen. Auch konnte man sich auf Menschen wie den Taschenspieler Ul oder den einäugigen Husch nicht verlassen, so sagte Hinz Bartsch. Man sollte sie erst dann entlohnen, wenn es sich herausstellte, daß an den Nachrichten, die sie feilboten, etwas Wahres war.

Aber mehr als alles andere lag ihm am Herzen, Huna Ilai zu sagen, daß seine Sorgen groß und seine Befürchtungen vor der nahen Zukunft zahlreich waren, denn das Schicksal halte etliche verborgene, düstere Dinge für Huna Ilai bereit. Er war ein Henkerlehrling und einer der Räuber des Ritters, und sein Wunsch, sich an dem Mönch Bernold zu rächen, und seine Liebe zu Gerlinda schienen etwas herauszufordern, das er nicht ganz verstand. Aber er befürchtete, Gott behüte, daß ihm das Schicksal all seine Wünsche mit einer vollkommenen Niederlage, Erniedrigung und vielleicht auch mit dem Tod erwidern würde, denn so waren die Wege der göttlichen Vorsehung.

Was den Arzt betraf, so würde er selbst diesem nicht nur kein Fünkchen Vertrauen entgegenbringen, sondern er hätte sich gewiß eines Nachts aufgemacht, um ihm die Kehle aufzuschlitzen, wenn Huna Ilai dessen Tochter nicht so ergeben wäre. Denn die ganze Weisheit, die dieser Arzt in seinem Kopf barg, war gleich einem scharfen Schwert in der Hand eines anderen, nichts weiter. Wenn ein Mensch ein Schurke war, blieb er ein Schurke, und es war gleichgültig, wie man das Wort »Schurke« aussprach – in seiner Sprache, in dem schönen Latein des Arztes oder auf hebräisch, über das der Arzt Huna Ilai für seinen verfluchten Zauber aushorchte.

Huna Ilai antwortete, daß er die Ratschläge überdenken und entscheiden werde, was zu tun sei. Er werde Hinz alles erzählen, ohne irgend etwas auszulassen, ob bedeutend oder belanglos.

Und wahrhaftig wog Huna Ilai die Worte von Hinz voll heftiger Erregung ab, denn er wußte, daß dieser seit geraumer Zeit befürchtete, seine Schwäche könnte sich verschlimmern, so daß er nicht mehr in der Lage wäre, jene kühnen Taten zu vollenden, die beide vollziehen mußten, um sich vor den rächenden Händen der Gefolgschaft des Raubritters in Sicherheit zu bringen.

Seit vielen Monaten betrank sich Hinz unentwegt. Obgleich seine Kraft noch vorhanden war und das Zittern seiner Hände, das morgens stark ins Auge fiel, gegen Mittag verschwand, wurde seine Finsternis dennoch immer größer. Er sprach zu keinem, und seine Schweigestunden, die stets von langer Dauer gewesen waren, währten nun viele Tage.

Bartschs Haut – weiß wie Schnee – überzog sich über und über mit blutigen Schrunden.

Dies war sowohl seinem Vater als auch seinem Großvater widerfahren, als diese sein Alter erreichten, sagte er zu Huna Ilai. Sein Vater hatte damals erklärt, daß dies vielleicht die Krankheit der Henker war, von der er in seiner Kindheit gehört hatte: Das Blut floß aus dem Körper der Henker, und die schrecklichen Wunden vermehrten sich mit der Anzahl Menschen, die sie töteten.

Sobald die ersten dieser Wunden auftauchten, brachten Salben, Balsam und Tränke keinerlei Nutzen mehr, sagte er. Nur eine einzige Linderung gäbe es gegen diese furchtbaren Male: das Bad in einem heiligen Teich in Jerusalem, in den auch Hiob, der Rechtschaffene, eingetaucht war, um von seinen Geschwüren geheilt zu werden. Aber es war kein leichtes Unterfangen, nach Jerusalem zu reisen. Es wurde berichtet, daß die Muselmanen den Christen nicht erlaubten, im Wasser dieses wundersamen Teiches, dessen Grund die Tiefen der Erde berühre, zu baden.

Andere wiederum sagten, daß es im Harz Bergteiche gäbe, so kalt wie Eis, darunter einer, der der Liebesgöttin namens Lora geweiht war. Auch ein Bad in diesem Teich könne den Fluch aufheben, sofern es in einer Vollmondnacht geschah. Doch war es schwer, diesen Teich zu finden, denn er war von besonders steilen Bergen umgeben und lag gar selbst in großer Höhe, nah bei den Gipfeln.

7

Nicht nur Huna Ilai war von der Gegenwart Oswald Celtes bezaubert, sondern auch der Ritter Udo von Wittmar. Den Ritter amüsierte das gutgelaunte Auftreten des Arztes und das unsittliche Leben, das dieser führte. Die mannigfaltigen Salben und Säfte des Arztes halfen dem Ritter etlichemal bei den schweren Krankheiten, die ihn in den letzten Jahren plagten. Darum duldete er, wiewohl mit einem schiefen Lächeln, die scherzhaften Worte des Arztes, der ihm die Regeln des weisen Galenus vortrug; dessen Ansicht über das gebührende Verhalten des Kranken besagte, daß der Patient dem Arzt zu gehorchen hatte wie ein Diener seinem Herrn. Er mußte mit ganzem Herzen an ihn glauben und sich mit beträchtlicher Geduld wappnen.

Oswald Celte stellte dem Ritter Horoskope auf, wobei er sich der Sterntafel bediente, um die günstigste Stunde für den Beginn der großen Raubzüge zu bestimmen. Ein gewisses Gefühl von Freundschaft, das er vordem nicht gekannt hatte, erwachte in dem Ritter, als ihn der Arzt mit der Unterstützung von Tranquillo, dem italienischen Bader, operierte und einen dicken, schmerzhaften Abszeß entfernte, der auf seinem Nacken blühte. Nach dieser Operation verspürte der Raubritter erhebliche Erleichterung und mochte fortan Celtes Gesellschaft nicht mehr missen. Wenn er sich in dem Räuberquartier befand, verbrachte er seine Zeit in dessen Begleitung oder schickte ihm Briefe, wenn er tage- oder wochenlang aus dem Lager verschwand, ohne daß einer wußte, wohin er sich begeben hatte, und ihn nur der einäugige Husch und der Taschenspieler, der lange Ul, auf seinen mysteriösen Reisen begleiteten.

Wenn er sich mit dem Arzt traf, pflegte der Ritter von Wittmar sein Haupt den flinken Händen jenes Tranquillo, des Baders, zu überlassen, der gemeinsam mit dem Doktor Celte zu der Trutz gestoßen war. Dieser Bader war ein ungemein schüchterner, verschlossener Mensch, der aus einem kleinen Dorf in der Nähe von Padua stammte, wo der Arzt seine Bekanntschaft gemacht hatte. Er konnte rasieren und Haare schneiden, aber wenn der Arzt nicht in der Burg war, was selten vorkam, erwies er sich auch im Verbinden von Wunden als geschickt.

Huna Ilai freute sich, wenn der Arzt abwesend war, denn dann konnte er ungestört mit Gerlinda, seiner Liebsten, allein sein. Mehr als einmal dachte Huna Ilai besorgt über Hinzes Worte nach, daß der Arzt ihn zurückweisen könnte, wenn er um die Hand von dessen Tochter anhielt. Doch eines schönen Tages lastete eine völlig andere Sorge auf Huna Ilais Herzen.

Ins Lager kam ein Gast, der sich häufig im Geheimen mit dem Raubritter beriet. Es war ein stämmiger Mann mit höchst ansehnlichem Gesicht, prächtiger Kleidung und einem wertvollen Pferd. An den verstohlenen Blicken Gerlindas, an ihrer Verlegenheit und ihrem verschämten Kichern ersah Huna Ilai, daß seine Liebste ihre Aufmerksamkeit zum ersten Mal einem anderen Mann schenkte, neben dem er selbst nichts als ein verwirrter, zögerlicher Knabe zu sein schien, ein Gefühl, das um so stärker wurde, als er in den Augen von ein paar Burschen der Trutz Schadenfreude ob seiner Befürchtungen zu sehen meinte.

Dieser Mann war kein anderer als der Herr Olivier Nogaret de Dignemont, Ritter vom Goldenen Vlies, jenem wundersamen Ritterorden, den Philipp der Gute, der Herzog von Burgund, anläßlich seiner Heirat mit der Infantin von Portugal ein paar Jahre zuvor gegründet hatte. Dies war ein derart erhabener Orden, daß es bis auf Könige und Prinzen nur vierundzwanzig Rittern erlaubt war, seine Kette auf ihrer Brust zu tragen.

Zwar trug Herr Olivier de Dignemont bei seinem Besuch in der Trutzburg nicht den Purpurmantel mit dem Pelzkragen und schmückte sich auch nicht mit den restlichen Festkleidern des Ordens, aber ein mit Silberfaden bestickter Umhang sowie die goldene Lanze, die er im Turnier der großen Ritter Deutschlands, Spaniens und Italiens gewonnen hatte, lagen über dem Eichenstuhl in der Kammer, die ihm der Raubritter zugedacht hatte.

Der Herzog von Burgund hatte jenen auserwählten Ritter auf den Weg geschickt, damit dieser am hellichten Tag längs und quer die Fürstentümer Braunschweig und Lüneburg bereiste. Gerüchte waren an des Herzogs Ohr gedrungen, daß Kaiser Sigismund danach trachtete, Burgund zu überfallen, und zwar entgegen der Absichten der deutschen Fürsten, die umsichtiger waren als dieser und sich nicht auch noch einen Feind im Westen wünschten. Philipp der Gute haßte die Ketzer aus tiefstem Herzen und war für die Glut seines Glaubens bekannt, die so stark war, daß, als er seinen Orden gründete, der Heilige Vater, Papst Eugen, ihn mit den Worten segnete: Philipps Ritter seien wie die heldenhaften Makkabäer, die Ritter Gottes, die zum Leben erwachten. Philipp wußte nur allzu gut, daß nun, wo die Kämpfe mit den böhmischen Hussiten zu Ende waren, der Kaiser versuchen würde, ihm mit diversen Vorwänden zuzusetzen, um ihn daran zu hindern, das vollkommenste Königreich im ganzen christlichen Abendland zu errichten. Darum schickte der Herzog von Burgund drei seiner Ritter zu seinen deutschen Brüdern. Damit diese die Ernsthaftigkeit seiner Absichten nicht unterschätzten, befahl er Herrn de Dignemont auch, die Befehlshaber der kleinsten Heere, die auf seinem Weg lagen, in aller Offenheit aufzusuchen. So geschah es, daß Herr de Dignemont, das Räuberlager aufsuchte und in seinem Gepäck viele Geschenke für Udo von Wittmar mit sich führte. Ob Udo von Wittmar wollte oder nicht, war er von dem Ritter begeistert, der einem Buch seiner Kindheit entstiegen zu sein schien.

Bei dem Bankett zu Ehren des Gastes sprach Herr de Digne-mont mit Herrn Udo von Wittmar über den Charme der anmutigen Edeldamen zu Brügge, über die Notwendigkeit, die ketzerischen Türken zu besiegen, die ganz Griechenland, Illyrien und die ungarischen Steppen einzunehmen trachteten, sowie über das Gebot, die Schande der Niederlage von Nikopolis aus der Welt zu schaffen. Wer sollte diese Aufgabe erfüllen, betonte der Ritter vom Goldenen Vlies, wenn nicht die Ritter Flanderns und der Länder Deutschlands? Denn auf die heuchlerischen Franzosen oder Italiener (deren Zeichen das der Visconti war, eine Viper mit einem Menschen im Schlund) konnte man sich nicht verlassen.

Wenn es Herrn de Dignemont gelang, den Raubritter derart in Erstaunen zu versetzen, kann man sich die Verwunderung vorstellen, die Gerlinda befiel, als er von Jason und dessen Freunden erzählte, die mit dem Wunderschiff Argo in See stachen, um das Goldene Vlies zu suchen, und wie es mit Hilfe der wunderschönen Hexe Medea geschah, daß der Held Jason in der Tat das Vlies erhielt, nachdem er im fernen Kolchis die Schlange mit den grünen Augen, das Paar feuerschnaubende Stiere und den feuerspuckenden Drachen besiegt hatte.

Noch mehr faszinierte Herrn de Dignemont die schöne Tochter des Arztes, als er mit zarter, angenehmer Stimme

Minnegesänge vortrug und sich dabei auf einer mit Edelsteinen besetzten Laute begleitete.

Huna Ilai neidete dem Herrn de Dignemont von ganzem Herzen dessen Pracht, die leichten, anziehenden Manieren und den Edelmut, der nichts von der kampfesfreudigen Art seiner Räuberkumpanen enthielt. Es fiel ihm schwer, den großen Ritter zu hassen, denn Huna Ilai bemerkte, daß der Ritter, wiewohl er den Zauber wahrnahm, den er auf die geliebte Gerlinda ausübte, nicht im Geringsten darauf einging – und wenn doch, dann nur mit einem flatternden, flüchtigen Lächeln.

Der Arzt suchte die Gesellschaft des Herrn de Dignemont, wann immer es ihm möglich war. Er mischte für ihn seine vortrefflichen Essenzen unter Spiritus, lachte oftmals und überhäufte den Gast mit höchst amüsanten Anekdoten, Scherzen, Fabeln und schönen Worten. Nach drei Tagen verließ der Ritter vom Goldenen Vlies bei Nacht und Nebel das Lager und ging, wie er gekommen war.

Der Raubritter und seine Männer machten sich ein wenig lustig über das delikate Gebaren des samtumhüllten Ritters, doch sie erwiesen ihm als dem Repräsentanten des Herzogs Philipp, der in ihren Augen klug, mutig und kampflustig war, die Ehre.

Die Tränen Gerlindas, die Huna Ilais Verdruß und seinen Zweifel spürte, erweichten dessen Herz und brachten ihm Erleichterung. Huna Ilai wandte sich an einen Burschen in der Trutz, der mit seiner Nadel einst die Namen Bruder Bernolds und Pater Melchiors auf die Muskeln seiner Arme gestochen hatte, und bat ihn, ihm Gerlindas Namen auf die Brust zu ätzen, auf daß ihr sanfter Name und ihre süße Gestalt niemals ausgelöscht würden.

Mancherlei aus dem Studium der heiligen Bücher, die er einmal auswendig gewußt hatte, hatte Huna Ilai längst vergessen. Doch den Vers des Levitikus, Kapitel neunzehn – Ihr sollt um eines Toten willen an eurem Leibe keine Einschnitte machen noch euch Zeichen einätzen (ein Vers, den sein Vater ihm unzählige Male ausgelegt hatte) – hatte er gut in Erinnerung behalten, und viele Tage, nachdem Gerlindas Name in sein Fleisch gestochen worden war, verspürte er ein scharfes Brennen in der Brust, einem ewigen Versengen gleich, das zu verschwinden sich weigerte.

Eines Abends, als der Arzt nicht im Lager war, legte Huna Ilai seinen Kopf in Gerlindas Schoß und hob seine Augen zu ihrem Antlitz. Die klugen, scharfen Augen des Arztes änderten ihren Ausdruck in den ähnlichen Augen seiner Tochter. Wie glücklich Gerlinda war! Huna Ilai küßte ihre Hand und ihren Bauch. Jenseits des verfallenen Klosters breitete sich die dunkle Nacht aus, die Sterne funkelten in schmerzlicher, genüßlicher Greifbarkeit, der Mond ging auf, um nach den Schlafenden und den Wachenden zu sehen, und in der Ferne hörte man das Quaken der Frösche. Die Nachtblumen öffnen nun ihre Kelche, dachte Huna Ilai bei sich, Blume für Blume.

Das Eichkätzchen Cauda hüpfte auf seinen Schoß, und Huna Ilai ließ seine Finger über dessen Schopf gleiten, streichelte das Fell unter der kleinen Silberkette, die das Tierchen um den Hals trug, und sah voller Zuneigung und Verwunderung in die braunen Augen, die wie ein Paar glänzender Kugeln aussahen. Genaugenommen war das linke Auge des Eichkätzchens heller als das rechte und erinnerte an Bernstein. Die winzigen Ohren des Eichkätzchens, deren Spitzen zu samtigen Haarbüscheln ausliefen, dicht und weich, erregten ihn ein wenig. Er betrachtete lange den buschigen Schweif, dessen Mitte von dunklerem Rot war als das Fell und dessen Spitzen in antikem Gold schimmerten, wie von Sonnenstrahlen vergoldet. Ein seltsames

Gefühl beschlich ihn beim Anblick der winzigen Pfötchen, die in flehender Geste emporgereckt waren. Das Eichkätzchen erwiderte seinen Blick nachdenklich.

Huna Ilai sagte, das Eichkätzchen träume vielleicht von einem Nest. Doch Gerlinda antwortete, Cauda habe es gut bei ihr.

Huna Ilai dachte an die Tanzbären, deren Anblick er liebte, da ihre Bewegungen ihn an menschliche Gebärden und an Tierfabeln erinnerten, die er in seiner Kindheit gelesen hatte: Von einem Hasen, der unter Siegesgeschrei von einer Hundehatz zurückkehrte, von einem Hahn, der Kapitän eines Schiffes war – Bilder einer verkehrten Welt, die sein Herz rührten und ihn bezauberten. Es fiel ihm ein, mit welchem Stolz er dem Vater auf dem kurzen Weg zur Synagoge die Gebetbücher getragen hatte. Ebenso fielen ihm die kleinen Nachbarstöchter ein, die im Geheimen ihre Lippen nach Weibermanier mit Honig beschmierten. Und er dachte an die schöne Sarah, die ihre beiden Zöpfe behend zu flechten verstand.

An jenem Abend, als er Gerlindas hübsches Antlitz, ihr güldenes Haar und ihre vollen Lippen bewunderte, dachte Huna Ilai bei sich, daß er die Trutz gemeinsam mit ihr und Hinz verlassen sollte. Würde er dem Arzt von seinem immerfort wiederkehrenden Traum erzählen, oder könnten seine Worte ihn in die Verderbnis stürzen? Zuletzt entschied er sich, es nun wahrzumachen, da die Sache keinerlei Aufschub duldete.

Huna Ilai begab sich eines Abends zu dem Arzt und bat ihn, ihm einen Traum zu deuten, der schwer auf seinen Nächten und Tagen laste.

Erzähl nur, nur zu, wenn es dein Wunsch ist, sagte der Arzt mit seinem schiefen Lächeln.

Huna Ilai begann, daß er in seinem Traum am Eingang

einer Höhle schlief, in der eisige Kälte herrschte, die durch Mark und Bein drang. Wenn er hinausschaute, sahen seine Augen Licht und Schatten, die aufeinander folgten, und eine Wiese voller glänzender, gelber und blauer Blumen, die nicht von dieser Welt waren. Er sah außerdem viele Jungen und Mädchen, Blumenkränze auf den Häuptern, weiße Mäntel um die Körper geschlungen, die mit nackten Füßen im Reigen hüpften und tanzten. Da schmückte irgendein Mann auch seinen Kopf mit einem Kranz, doch der Kranz war eine Dornenkrone, und jener Mann, dessen Gesicht traurig war und dessen Augen mit einer schwarzen Stoffbahn verbunden waren, führte die Knaben und Mädchen zu einem tiefen Abgrund, der am Ende des Feldes mit den brennenden Blumen klaffte. Huna Ilai begriff, daß schon im nächsten Augenblick alle in diesen furchtbaren Abgrund stürzen würden, und er war bereit, sich die Seele aus dem Leib zu laufen, um die Kinder aufzuhalten. Doch da wurde die Sonne von einer beispiellosen Wolke verdunkelt, und ein Greis mit einem langen Stock stand vor ihm und sprach: Spute dich, Huna Ilai, lauf geschwind, denn jener war Jesus Christus, der Fürst der Kinder. Wenn du sie einholst und aufhältst und ihre Seelen rettest und eines der Schafe seiner Herde wirst, dann wird vielleicht der weise Galenus kommen, dir seine beringte Hand reichen und ein Heilmittel und eine weiße Wolke bringen.

Vergeblich, so erzählte Huna Ilai dem Doktor Celte, versuchte er Traum für Traum zu sehen, welche Kleider der Greis trug. Er erinnerte sich an nichts weiter als an dessen Stock.

Später dreht der Greis den Kopf, sagte Huna Ilai staunend, und ich folge mit den Augen seinem Blick. Da erkenne ich zwei grausige Wölfe, die mit den Pfoten stampfen, die Zähne blecken und ihre gewaltigen Mähnen aufrichten, die wie Feuer brennen, und eine unsichtbare Stimme flüstert mir die Worte ins Ohr, die im Buch Daniel geschrieben stehen: Und viele, die unter der Erde schlafend liegen, werden aufwachen, die einen zum ewigen Leben, die anderen zu ewiger Schmach und Schande ...

Die Wölfe mit den Feuermähnen springen mich an, um mich zu zerfleischen, und ich erwache durch mein Schreien, ganz und gar in Schweiß gebadet. Mein Herz pocht heftig, und in meinen Ohren schallen zwei Worte: Himmel und Erde. An diese Worte, werter Herr, erinnere ich mich aus einer Geschichte, die mir mein Vater eines Abends erzählte, von einem Mann, der eine schwere Sünde beging – ich weiß nicht mehr, wie diese Geschichte verlief – und zum Schluß eine Stimme aus dem Himmel hörte: Ich habe deinen Namen aus dem Buch der Schöpfung von Himmel und Erde gelöscht.

Als er von diesem Traum hörte, schrie der Arzt: O Gott und Gemeinschaft der Heiligen! Dann wollte er wissen, ob sich der Traum wiederholte und von einer Nacht zur anderen veränderte. Darauf antwortete Huna Ilai, den Traum sechs- oder siebenmal geträumt zu haben, und daß es zwischen all diesen Malen keinerlei nennenswerte Unterschiede gab. Der Arzt fuhr fort, ihn über Einzelheiten des Traums zu befragen, über alles, was er in seinem Schlafe gesehen und gehört hatte. Dann lächelte er sein knappes Lächeln und sagte:

Schweig und höre, Huna Ilai, mein Freund! Seltsam ist dein Traum, und seine Deutung ist nicht leicht. Du sollst wissen, daß es nach dem Kommentar des Macrobius zu des römischen Gelehrten Ciceros »Somnium Scipionis« fünf Sorten von Träumen gibt: Der erste – *somnium*, den die Griechen *oneiros* nannten, ist ein Traum, in dem es mehr Verborgenes als Sichtbares gibt; ein zweiter Traum – *visio*, den die Griechen *horama* nannten, ist ein prophetischer Traum; ein dritter Traum – *oraculum*, bei den Griechen *chrematismos*, ist ein Traum, welcher die Zukunft voraussieht in den Worten, die dem Munde eines schönen Sprechers entspringen; und ein vierter Traum – *insomnium*, bei den Griechen *enypnion*, ist ein schlechter Traum, ein Alptraum; die fünfte Sorte ist – *visum*, in der Sprache der Griechen *phantasma*, der eine Vision im Traum ist, die sich scheinbar im Wachen erfüllt.

In deinem Falle ist es schwierig, so scheint es, deinen Traum einer bestimmten Spezies zuzuordnen, denn das Verborgene darin ist nicht unerheblich. Doch tritt in ihm auch ein prachtvoller Redner in Erscheinung. Auch hat der Traum etwas von dem Angst einflößenden Alptraum. Hier stellt sich die Frage aller Fragen: Mußt du den Rat des schönen Greises befolgen oder solltest du just den beiden furchtbaren Wölfen Beachtung schenken, die sich auf dich stürzen, um dich zu zerfleischen und dich deiner Seele zu berauben? Und was bedeuten die Worte des Greises, was bedeutet der Zorn der Wölfe? Warum führt der Fürst der Kinder seine zarten Kleinen zu einem klaffenden Abgrund? Es ist nicht leicht, diese Fragen zu beantworten, aber ich vermute nach der Art deines Erzählens, daß auch du begriffen hast, und sei es nur einen Deut, was dieser Traum dir sagen will.

Du befindest dich in einer dunklen Höhle, in der Finsternis des Zweifels und in seiner Kälte. Du sehnst dich danach, zu Luft, Licht und Sonne hinauszutreten. Hier siehst du die unschuldigen Christenkinder tanzen und zwischen den Blumen des Feldes singen. Aber o weh, was wird mit ihrem fröhlichen Reigen geschehen? Vorne geht Jesus Christus, aber in deinem Traum bringt er kein Licht, sondern er ist blind, seine Augen sind verbunden wie zum Spiel. Doch dies ist ganz und gar kein Spiel. Er führt die Kinder in den Tod, denn so denkst du tief in deinem Herzen, daß das Christentum nicht Leben spendet, sondern Tod. Da erscheint vor deinen Augen die Figur eines Greises. Nicht umsonst kannst du nicht sehen, wie er gekleidet ist, obgleich du ihn mit deiner ganzen Kraft betrachtest, denn der Engel deines seltsamen Traums möchte nicht, daß du weißt, wer dieser Greis ist.

Und was sagt dir jener Greis? Er bedeutet dir, daß du dich den Kindern der Christen anschließen und sie vor dem Abgrund aufhalten sollst. Mit anderen Worten: Nur als Christ kannst du die Schar der Unschuldigen retten. Im Gegenzug zu deinen Taten verheißt dir der Greis einen Ring und eine weiße Wolke, das heißt etwas, das mit einer Hochzeit zu tun hat.

Schon wirst du von großer Freude erfüllt, aber da tauchen zwei furchtbare Wölfe auf. Wer diese Wölfe sind, ist schwer zu sagen, aber es kann durchaus sein, daß es gar keine Wölfe, sondern zwei Löwen sind, die aus einem Bild oder Relief in deiner Synagoge in jenem Mohn, von der du mir so viel erzählt hast, zum Leben erwachen: Judaslöwen, die bereit sind, jeden Juden zu zerfleischen, der zum Christen wird. Vielleicht gibt die Flamme ihrer Mähne den Hinweis, daß es Löwen sind und keine Wölfe. Obgleich das Fell der Wölfe zu dieser oder jener Jahreszeit auch gelb gescheckt ist. Möglicherweise wollen jene Worte, die dir aus dem Buch des Propheten Daniel gelesen wurden, sagen, daß du große Furcht davor empfindest, den Glauben deiner Väter zu verlassen. Und du befürchtest, daß man dich in dem Loch der Made und des Wurms belassen wird, wenn der furchtbare Tag des Jüngsten Gerichts kommt.

Je weiter Doktor Oswald Celte mit seiner aufschlußreichen Deutung fortfuhr, um so mehr erbleichte Huna Ilai.

Doch es dauerte nicht lange, und sein Gesicht begann, in Röte zu erglühen. Denn nun änderte sich der Ton des Medicus ein wenig, als er sagte, daß er nicht mit Bestimmtheit wisse, wer jener Galenus sei, von dem der prachtvolle Greis sprach. Denn schließlich sei Huna Ilai wohlauf und brauche keine Medizin, er sei höchstens liebestoll.

Der Engel des Traumes wolle ihm nichts befehlen, sondern habe die Wahl in seine Hände gelegt, sagte Oswald Celte lächelnd. Worauf er erneut wissen wollte, ob denn in dem Traum nicht noch etwas geschah. Im selbigen Augenblick fiel Huna Ilai ein, daß es in der Tat noch eine weitere Gestalt in seinen Träumen gab, die Gestalt eines Jägers oder Vogelfängers, so genau wußte er es nicht, dessen Schicksal auf irgendeine Weise mit seiner Entscheidung verknüpft war. Aber wie genau – daran konnte er sich nicht erinnern. Aber dem Arzt sagte er nichts mehr davon, denn er war nun reichlich verlegen und verwirrt.

Obgleich Huna Ilai den Arzt aus tiefstem Herzen bewunderte und keine Feindschaft von dessen Seite vermutete, verletzten ihn dessen Worte über die Liebestollheit zutiefst. Er konnte nicht umhin, sich einzugestehen, daß der Arzt seine Liebe zu Gerlinda stets geflissentlich übersah, was Huna Ilai mit Wohlwollen zur Kenntnis genommen hatte, da er darin ein Zeichen der Zartheit und des Vertrauens zu erkennen glaubte. Doch plötzlich erschien es ihm in einem anderen, Schauder erweckenden Licht.

Es fiel ihm ein, wie der Arzt ihn angesehen hatte, als er ihn einst an einem verregneten Abend vorfand, wie er an Gerlindas Seite saß und mit ihr in einem schönen Buch blätterte. Darin waren das Leben und der Tod Jesu, des Gottes der Christen, aufgezeichnet, sowie die Botschaft des Engels Gabriel an die Mutter Maria, die Geburt Jesu im Stall zwischen Ochs und Esel, die drei Könige, die dem Neugeborenen Geschenke darbrachten, die Flucht nach Ägypten, als sein Vater Joseph den Esel führte, die Wunder, die er am See Genezareth vollbrachte, und die grauenvollen Dinge, die man ihm antat, weil die Juden ihn haßten!

Huna Ilai liebte die Geschichten über das Leben Jesu und dessen seltsame Worte, und seine Augen tränten, als er die Worte las: Himmel und Erde werden vergehen, aber meine Worte werden nicht vergehen. Aber dieser zarten Tränen zum Trotz wußte Huna Ilai, daß er die Worte niemals in sein Herz zu prägen vermochte. Er war der Sohn des Rabbi Abraham Brandin und der Enkel von Menschen, die wußten, daß man solche Worte keinesfalls in den Mund nehmen durfte – auch dann nicht, wenn sie den Augen der Menschen Tränen der Verwunderung und der Liebe entlockten.

An jenem Abend sah Huna Ilai Oswald Celte an, als ob er ihn zum ersten Mal in seinem Leben gewahr wurde. Doch er bemerkte keinerlei Veränderung. Wie gewöhnlich bewegte sich das runde, lächelnde Gesicht des Arztes vor seinen Augen, seine dünnen Lippen, die sich zu seinem verschmitzten klugen Lächeln verzogen, brachten irgendein Wort hervor, und seine Augen sprühten vor amüsiertem Tatendrang.

Huna Ilai dachte ein paar Tage lang über die Deutung des Traumes nach, die der Arzt ihm gegeben hatte. Die Sorge, daß der Arzt ihm nie und nimmer die Hand seiner Tochter geben würde, ob er sich nun zum Christentum bekehrte oder nicht, vermochte er nicht aus seinem Herzen zu verbannen.

In den Tagen, die auf jenes nächtliche Gespräch folgten, bemerkte Huna Ilai, daß der Arzt ihm aus dem Weg ging. Es gelang ihm über Tage und Wochen nicht, das Wort an den Doktor Celte zu richten. Vergeblich versuchte Huna Ilai mit Gerlinda über ihren Vater zu sprechen. Wenn das Wort auf ihn kam, pflegte sie seine Hand zu streicheln und ihn flugs zu umarmen. Oder sie vergoß Tränen. Aber niemals ging sie auf seine besorgten Fragen ein.

8

Beinahe drei Monate nach dem Besuch des Herrn Olivier Nogaret de Dignemont machten sich die beiden Gehilfen des Ritters, Ul, der Taschenspieler, und Husch, der Einäugige, auf den Weg, um Beamte und Landsknechte zu treffen, von denen der Raubritter erfuhr, was er erfahren mußte, um sein kühnes Vorhaben nach allen Regeln der Kunst zu planen.

Ein paar Jahre zuvor war Braunschweig-Lüneburg geteilt worden; Herzog Bernard hatte Lüneburg erhalten, und seinen Neffen Wilhelm und Heinrich war Braunschweig zugefallen; nun wurde Braunschweig erneut in Calenberg und Wolfenbüttel geteilt. Husch und der lange Ul wurden von Ritter Udo von Wittmar geheißen, die Dienste seines kleinen, doch gut geführten Heeres einem jeden anzubieten, der genug bezahlte und mit der Zeit bereit wäre, ihm seine Vergangenheit zu vergeben.

Und wahrhaftig, welcher Herzog hätte nach Wägen von Für und Wider diese Bitte des Udo von Wittmar ausschlagen können? Doch schreckten die Herzöge vor Udos Bruder und der Kirche zurück. Denn obgleich sich Udo von Wittmar, wie die Gerüchte besagten, im vergangenen Jahr geläutert hatte, so war er doch als Kirchenräuber wohlbekannt. Und auch als Liebhaber von mit Edelsteinen besetzten Monstranzen, Silber- und Goldkelchen und anderen kostbaren Kultgegenständen.

Für den Erfolg seines Planes war es unerläßlich, daß der Raubritter der Kirche auf irgendeine Weise entgegenkam und auf Leben und Tod gegen seinen Bruder Werner, seinen eingeschworenen Feind, zu Felde zog, zwei Taten, denen sich der Udo von Wittmar mit aller Kraft widersetzte. Wenngleich er zuweilen an die Hölle dachte, so haßte er doch die Kirche. Selbst wenn es ihm ein Vergnügen gewesen wäre, seinen Bruder eigenhändig mit jeder beliebigen Waffe, die ihm in die Hände fiel, zu erledigen, hielt ihn doch ein unklares Gefühl beharrlich davon ab, dem alten Schloß seiner Familie den Krieg zu erklären.

Die beiden Gesandten Ul und Husch verließen das Räuberlager. In einer der Herbergen, die an ihrem Weg lagen, einer morschen Hütte, jämmerlich, verkommen und von Ratten und Flöhen wimmelnd, warteten sie auf die Gesandtschaft der Herren von Wolfenbüttel. Doch es begab sich, daß die kleine Herberge in der Nacht ihrer Ankunft von bewaffneten Männern überfallen wurde. Sie sprangen durch die Fenster ins Innere und versperrten sämtliche Ausgänge, so daß ihnen Husch, von etlichen Säbelstichen durchbohrt, zum Opfer fiel. Ul gelang es zu entkommen. Er kletterte aufs Dach, fand Unterschlupf in einem Taubenschlag, und von dort schaffte er es bis zur Trutzburg, diese Geschichte auf den Lippen.

Als der Ritter Udo von Wittmar von Ul erfuhr, was den beiden während ihrer Mission widerfahren war, entbrannte in ihm glühender Zorn, wie er ihn seit Jahren nicht mehr empfunden hatte. Doch was ihn mehr als alles andere erschütterte, war das Gefühl der Leere und eine vage Angst: Einer seiner Männer hatte seinen Feinden Treffpunkt und Zeitpunkt preisgegeben. Einer hatte diesen Hinterhalt geplant.

Während Udo von Wittmar finster grübelte, traf das ein, was Menschen zuweilen ereilt, denen von den Umgebenden Bewunderung entgegengebracht wird und die sich der Treue ihrer Leute vollkommen sicher sind, nämlich daß ihr Gefühl augenblicklich umschlagen kann: Der Ritter machte Anstalt, einen jeden zu verdächtigen – nicht nur den einen oder anderen, den zu verdächtigen er Anlaß hatte (und sei es nur den geringsten), nein, er bezichtigte all seine Leute der Verschwörung, deren erstes Opfer zweifelsohne Husch war.

Aber schlimmer noch wog der Verdacht gegen Ul selbst, der in das Herz des Ritters sickerte, denn dieser war heil und unversehrt aus dem todbringenden Hinterhalt zurückgekehrt. Wer konnte bürgen, daß er seine Geschichte nicht freiweg erfunden hatte, um jedweden Verdacht von sich abzulenken. Wer hatte Uls Dienste gekauft? Der Raubritter kannte die Schwäche des langen Ul für das Würfelspiel, die nicht kam und ging, sondern eine andauernde, erbitterte Leidenschaft war. Überdies war Ul nicht gerade ein Glückspilz; ganz im Gegenteil. Nach dem, was man dem Raubritter zugetragen hatte, pflegte Ul meist zu verlieren und schuldete der Hälfte der Leute der Trutz Geld.

Der Ritter dachte daran, daß Ul einst nicht zur Hochzeit seiner Schwester, der er sehr zugetan gewesen war, erschien nur weil er in Wetten vertieft war. Und wie er sich einmal bis zum Ende eines Spiels (in dem er sein ganzes Geld, ja auch sein Pferd verlor) nicht vom Fleck rührte, als die Schenke, in der er spielte, von Soldaten umzingelt ward; erst da sprang er vom Dach der Schenke und schlich sich unter dem Schutzmantel der Dunkelheit durch die Reihen der Soldaten davon.

Der Ritter sperrte den langen Ul für zehn ganze Stunden in seine Stube ein und hörte sich wieder und wieder dessen

Geschichte an. Siebzehnmal rollte der kurzgewachsene Mann seine Geschichte vor dem regungslosen Gesicht des Raubritters auf. Ul dachte, daß ihm einer übel nachredete, und knurrte flehend in das Ohr des Raubritters: Man verleumdet mich, werter Herr. In Euren Augen ist etwas von dem Dreck der üblen Nachrede an mir klebengeblieben. Schließlich wißt Ihr, daß ich Euch mein Leben lang rechtschaffen gedient habe, mein Herr.

Er jammerte, blökte und weinte, bis der Herr Udo von Wittmar die drei erlösenden Worte sprach: Ich glaube dir.

Ul hob laut zu flennen an, und das zum ersten Mal seit vierzig Jahren, wie er später erzählte. Der Raubritter befahl ihm, sich in aller Heimlichkeit zu einem der Berater am Hof von Wolfenbüttel zu begeben, der feste Bestechungszahlungen einheimste. Den sollte Ul bitten, eine Versammlung von Leuten einzuberufen, die befugt waren, eine Verhandlung zu führen. Als Treffpunkt bestimmte der Ritter das Kloster des heiligen Blasius in Northeim, das dem Ritter mitsamt seiner geheimen Gänge, die von einem Flußbett zum Kloster führten, wohlbekannt war. In seiner Jugend hatte ihn gar eine Freundschaft mit dem Abt verbunden. Schließlich legte der Ritter den Zeitpunkt fest, an dem er selbst das Kloster St. Blasius aufsuchen würde.

Kurz bevor der lange Ul die Kammer verließ, wurde der Ritter erneut vom Zweifel befallen, doch sein Stolz war größer, als er es je eingestanden hätte. So ließ er seinem Kundschafter freien Lauf.

Der Verdacht des von Wittmar gegen seine Leute verflog nicht. Darum wandte er sich an den Henker Hinz Bartsch und dessen Lehrling Huna Ilai und verriet ihnen den Ort des Treffens, wiewohl nicht den Zeitpunkt. Er befahl ihnen, ihn auf seiner Reise zu begleiten, wenn der Tag gekommen wäre. Er wußte, daß der Henker aus Northeim stammte, und dachte, daß Hinz Bartsch ihm im Notfall hilfreich sein konnte, um ein paar taugliche Leute aus der Umgebung anzuwerben und ihn vielleicht aus einer Falle zu befreien.

Er behauptete auch, etwa dreißig seiner Leute gäben dem Zug im Geheimen, Schatten gleich, bei Tag und bei Nacht Geleit, damit die beiden nicht auf den Gedanken kamen, daß er von ihrer Gunst abhänge. Etwas Teuflisches bemächtigte sich seiner, um ihn zu vernichten. Der Ritter sagte sich in seinem Innern, daß er sich nur dann dagegen zur Wehr setzen konnte, wenn er sich der Loyalität einer Handvoll Menschen, die ihm nahestanden und ihm wahrhaftig ergeben waren, versichern könnte.

Hätte der Raubritter die Angelegenheit, wie es seine Art war, scharfsinnig und mit kühlem Kopfe bedacht, hätte er sehr wohl begriffen, daß er einem Fehlschluß unterlag, wenn er unbekannte Männer – Söldnermob – seinen Männern vorzog, die er seit einer stattlichen Anzahl von Jahren kannte und die ihm nahezu allesamt treu ergeben waren; selbst wenn ein oder zwei darunter waren, die ihn wahrhaftig verraten hatten. Doch die Erschütterung, die ihn angesichts von Huschs Ermordung erfaßt hatte, umnebelte sein Denken.

Es dauerte nicht lange, bis Ul eines Nachts zurückkehrte. Er suchte Huna Ilai auf und teilte ihm mit, daß sein Wunsch in Erfüllung gegangen sei. Er brächte die Kunde, auf die er so lange gewartet hatte. Wenn Huna Ilai sich nur ein wenig bemühte, seine Hand tief in seine Tasche steckte und von dort eine Münze beförderte, die ausreichte, um ein üppiges Mahl und einen Krug guten Weines zu kaufen, würde Ul ihm sagen, wo jener Bernold sich aufhielt, nach dem Huna Ilai suche, als ob er die teuerste Kreatur auf Erden sei. Sogleich wurde Huna Ilai leichenblaß. Dann barg er aus der Tasche seines Mantels eine Münze und reichte sie Ul mit zittriger Hand.

Ul, der Taschenspieler, musterte ihn mit Neugier und einem Anflug von Mitleid und steckte die Münze zum Spaß zwischen die Zähne, als prüfe er, ob sie aus Gold war oder nicht. Dann tat er Huna Ilai, der vor Erwartung bebte, kund, daß der Feind just in dem Kloster des heiligen Blasius weilte und Tag für Tag mit seinen Freunden in der Bibliothek zugange war und nach allen Gerüchten das Kloster auch so bald nicht verlassen würde.

In St. Blasius? flüsterte Huna Ilai. Er war erstaunt über den wundersamen Zufall, dankte dem langen Ul mit der Demut des Glücks, und um sich ein wenig zu beruhigen, ging er hinaus, um durch die Wälder zu streifen. Das Blut pochte allzu heftig in seinen Adern. Das Kloster des heiligen Blasius! – Seine Freude kannte keine Grenze. Obgleich der Arzt ihm einst gesagt hatte, daß es schlichtweg unmöglich war, daß der Bruder Bernold es gewesen war, welcher als erster die Fackel durch das Fenster ihres Hauses geworfen hätte – denn die Kirche dürste es nicht nach Blut –, kannte Huna Ilai die Wahrheit. Er hatte mit eigenen Augen gesehen, wie der Mönch die Fackel geworfen hatte und wie sein Gesicht von Zorn und Haß entstellt war.

Huna Ilai zog aus der Innentasche seiner Weste das kleine Psalmenbuch, das sein geliebter Vater eigenhändig kopiert hatte. Er schlug die erste Seite auf, wo die Verse des Vaters über das große Unheil und das Gedicht des Maharams geschrieben standen. Doch es war eine lange Zeit verstrichen seit dem Tag, an dem ihm sein Vater das Buch in die Hände gedrückt hatte. Viele Tage waren ins Land gegangen, ungezählte Ereignisse hatten sich seit jenem Tag zugetragen, und das Wasser der Regenfälle, das Blut der Wunden und der Schweiß hatten hier und da die hastig geschriebenen Zeilen verwischt. Als er so die zerschlissene Seite betrachtete, stachen vor seinen Augen nur die Initialen hervor, die sein Vater mit größerem Federdruck geschrieben hatte. Huna Ilai bemerkte plötzlich, daß die Initialen der drei hebräischen Worte zu Beginn der Klage des Maharams – Laß dein Schwert trunken werden von Blut – einen Sinn ergaben: *rachem* – hab Erbarmen ...

Hab Erbarmen? Immer wieder schaute Huna Ilai die drei hebräischen Lettern an. Durch seine Tränen sah er, wie sie in Flammen aufgingen: das gebrochene *Resch* – wie ein Galgen, der des Gehenkten harrt, das *Chet* – wie ein Fenster, durch das knisternd und zischend die Feuersbrunst dringt, und das *Mem* – wie ein frisch geschaufeltes Grab, aus dem das Haar des darin Begrabenen heraussprüht wie Funken im Wind. Wenn ich daran denke, brennt es wie Feuer? fragte sich Huna Ilai. Wer gegen den Himmel sündigt, wird sterben! Er schien auf seinem Platz festgefroren. Sein Kopf wiegte sich wie ein hohler Kürbis in der kalten Luft. Nein, nein, niemals! Niemals! rief er. Ihr sollt verflucht sein!

Jetzt fragte er sich, was zu tun war. Würde Gerlinda mit ihm gehen? Mußte er wegen seiner Liebe zu ihr zum Christen werden? Die Angst vor den beiden gewaltigen Löwen überwinden? Würde der Arzt einwilligen und ihm die Hand seiner Tochter überlassen? Huna Ilai dachte daran, wie der Arzt spöttisch die Worte »im Namen Gottes und aller Heiligen« ausgesprochen hatte. Und daß es dieser Spott war, der dazu führte, daß Huna Ilai von dem Arzt nicht abgelehnt worden war, obschon er Jude war. Dennoch hatte der Hohn Huna Ilai sehr verletzt und ihn aufs unbehaglichste erschaudern lassen, ein Schaudern, dessen Ursprung er nicht kannte und wie er ihn niemals gegenüber Hinz Bartsch verspürt hatte. Nicht einmal, als er dessen Bekanntschaft gemacht hatte, an jenem Tag des Gemetzels bei den drei Steinen, an denen das Blut der Bären und das Blut der

Knaben klebte, die ihm mit Stock und Hammer nach dem Leben trachteten.

Huna Ilai folgte den Worten des Arztes mit großer Aufmerksamkeit und achtete auf die kleinsten Gesten und Regungen, um zu ergründen, wie der Arzt zu ihm stand. Doch alles, was er herausfand, war, daß jener ihm auswich, soweit es ihm die Lebensumstände in der Trutz und dem sie umgebenden Lager erlaubten. Überdies konnte Huna Ilai nicht umhin zu bemerken, daß die Augen seiner Gerlinda zuweilen gerötet waren wie nach einem langen Tag des Weinens. Obschon sie nicht auf seine vielen Fragen nach dem Grund ihrer Tränen einging, begriff Huna Ilai, daß zwischen ihr und ihrem Vater etwas vorgefallen sein mußte.

Es war nicht zu übersehen: Früher pflegte der Arzt sich seiner Gesellschaft zu erfreuen und geruhte sich über jedes beliebige Thema auszulassen, vollführte mit den Händen und mit dem ganzen Leib ausladende Gesten, lachte sein dröhnendes Lachen, als ob er die Luft um sich herum füllen, sie beleben und mit den Schattierungen seiner Freude färben wollte – während nun nichts mehr an all dies erinnerte.

Es verging Woche um Woche. Schließlich mußte Huna Ilai sich eingestehen, daß er fortan nicht mehr mit dem Arzt zusammentreffen würde, außer er schaute wie nebenbei in dessen Hütte vorbei. Darum bat er Gerlinda (obgleich ihm bewußt war, wie riskant sein Unterfangen war), bei einem Gespräch mit ihrem Vater anwesend zu sein, in dem er um ihre Hand anhalten und dem Arzt offenbaren wollte, daß er bereit war, alles Erdenkliche darum zu geben, wenn er ihm nur seine Zustimmung erteile. Wenn ihr Vater ihn wahrhaftig ablehnen würde, sagte Huna Ilai zu Gerlinda, würde er mit dem Herrn von Wittmar und Hinz Bartsch hinausziehen, um das Gelübde zu erfüllen, das er vor Jahr und Tag abgelegt hatte. Anschließend würde er zu ihr zurückkehren, und beide würden von der Trutz und vor ihrem Vater fliehen.

Vergebens flehte Gerlinda ihn an, auf sein Ansinnen zu verzichten. Umsonst bettelte sie und sagte, daß er ihren Vater nicht kenne und mit solch einem offenen Gespräch nur Unglück über sie beide brächte. Huna Ilai war entschlossen, mit dem Arzt zu sprechen, um ihm seine Absichten mitzuteilen, denn seine Zweifel wuchsen und wuchsen. Und es fiel ihm schwer, mit dem Zweifel am Vater seiner Herzallerliebsten zu leben.

Am Morgen ritt Huna Ilai in den wohlvertrauten Wald. Er hielt die Zügel seines Pferdes locker und saß bei Aufstieg und Abstieg, im langsamen Trapp und im Galopp, aufrecht im Sattel; er beherrschte sein Pferd und verstand mit ihm umzugehen. Er ermutigte es, über den breiteren Waldweg zu galoppieren. Sein Pferd war sehr geschwind im Galopp von kurzen Strecken. Obwohl Hinz Bartsch und Ul Huna Ilai oftmals den Ratschlag gaben, es gegen ein anderes zu tauschen, das für einen ausdauernden, langen Ritt besser geeignet wäre, wollte Huna Ilai nicht auf sein Tier verzichten. Vielmehr pflegte er es mit Sorgfalt und Hingabe: Wenn sie zu dem Räuberquartier zurückkehrten, widmete er ihm die erste Stunde, noch bevor er selbst sich wusch und etwas zu sich nahm.

Der Frühling kam. Die Sonne nahm dem Schnee die blauen Schattierungen, und später schmolz sie auch sein Weiß. Huna Ilai hörte schon das Zwitschern der Schwalben in ihren Nestern, bevor er sie sah – hoch droben unter dem Balken über dem Fenster, neben dem seine Hängematte hing. Die Trauer, die das alte Kloster stets zur Winterzeit umhüllte, schmolz mit dem Schnee dahin.

Eines Abends willigte der Arzt in die Bitte seiner Tochter

ein und empfing Huna Ilai, während er an seinem Tisch saß und auf dem Stuhl zu seiner Rechten Gerlinda hockte.

Es war der Tag des heiligen Urban im Monat Mai. Der Duft schwerer Blüten stieg aus dem weiten, verwilderten Garten des verfallenen Klosters. Kein Laut, kein Klang und auch kein Knistern war zu hören. Nur der Wind pfiff durch den Zaun und die Statuen im Kreuzgang.

Das Kloster St. Blasius! Das Kloster St. Blasius! sagte sich Huna Ilai in seinem Innern immerfort, als er sich zu dem Treffen mit dem Arzt aufmachte. Das Kloster St. Blasius!

9

Huna Ilai schüttete dem Arzt sein Herz aus, welcher mit eiserner Miene, umherirrenden Augen, Bein auf Bein, die Fäuste im Schoß geballt, vor ihm saß. Huna Ilai schilderte mit erregten Worten seine Liebe zu Gerlinda und die Freude, die in seinem Herzen jubelte seit dem Tag, an dem Gerlinda und der Arzt zu dem Lager gestoßen waren.

Ihr Kommen, sagte er zu dem Medicus, habe seinen Kerker zum schönsten aller Paläste werden lassen. Jeder Augenblick, den er in der Gesellschaft Gerlindas verbringe, erstrahle in wunderbarem Licht. Und in jedem Moment, in dem sie abwesend war, sei das Licht wie erloschen, die Farben verblichen, Kälte und dichtes Grau ergössen sich über die Welt. Dagegen war seine Begegnung mit dem Arzt für ihn, als sei ein Tuch von seinen Augen genommen. Nie hatte er geahnt, daß es Menschen wie den Arzt gab, die die

Welt kannten, als sei sie ein nicht allzu großes Feld, das sich von oben begutachten ließ. Nie habe er auch nur vermutet, daß er jemandem begegnen könnte, der die Geheimnisse, die in der Finsternis der Welt verborgen lagen, kannte und erforschte, um eine Lücke zwischen der sichtbaren und der verborgenen Welt zu finden. Daß der werte Arzt ihm in den letzten Wochen keine Beachtung schenke – ein Übersehen, welches er gewiß verdiene, obgleich er den Grund dafür nicht kenne –, verdrieße und bekümmere ihn sehr, erzählte Huna Ilai.

Er wisse sehr wohl, daß er Gerlinda nichts zu bieten habe, weil er wie ein Gefangener in den Fängen des Raubritters sei, ein armer Waise, entrechtet und nicht zuletzt ein Jude. Er habe nichts zu geben als seine gewaltige Liebe zu Gerlinda und eine bedingungslose Treue zu dem werten Arzt.

Jetzt habe er die vollkommene Gewißheit, sagte Huna Ilai, daß der lange Ul die Wahrheit sprach, als er ihm berichtete, Bruder Bernold, von dem er dem Arzt und auch Gerlinda erzählt hatte, verweile im Kloster St. Blasius. Der Himmel habe es gelenkt, daß er und Hinz Bartsch den Herrn Udo von Wittmar zu jenem Kloster begleiten sollten.

Die Zeit der Rache sei gekommen.

Danach wolle er die Trutz für immer verlassen. Wenn der Arzt es wünsche, sagte Huna Ilai flüsternd, sei er bereit, für Gerlinda zum Christentum überzutreten. Sie würden ein Dach über dem Kopf zu finden wissen, vielleicht auch in ein anderes Land gehen, vielleicht in jenes Burgund, dessen Ritter Gerlinda so sehr zugesagt hatte. Und wenn der Herr Medicus dies nicht wünsche, fügte Huna Ilai rasch hinzu, dann würde er sich nach einer jener Hansestädte wenden, die voller Reichtum und Geschäftigkeit waren, in denen ein fleißiger Mensch seine Familie tüchtig zu ernähren vermochte, wie er von dem Arzt selbst erfahren hatte. Er seinerseits verspreche hiermit treu, daß er jeden Wunsch des Arztes und seiner Tochter erfüllen werde. Der Arzt werde es niemals bereuen, wenn er die Güte hätte, ihm zu vertrauen.

Tränen der Angst füllten Gerlindas Augen, als sich ihr Vater erhob, zu seiner vollen Länge aufrichtete und auf Huna Ilai zuging. Doch anstelle des erwarteten furchtbaren Zornesausbruchs änderte er seine Miene. Ein Lächeln bog seine schmalen Lippen. Er legte seine Hand auf Huna Ilais Schulter und sagte mit weicher Stimme, daß er über dessen schöne, wohlklingende Worte nachdenken müsse. Er fragte ihn nach dem Tag des Aufbruchs zum Kloster St. Blasius, und als er Huna Ilais Antwort entnahm, daß dieser den Tag noch nicht kenne, bat er ihn um Nachricht, wenn der Termin festgelegt sei.

Gerlinda war glücklich, den Tonfall ihres Vaters zu hören. Und auch Huna Ilai schien den Mann wiedergefunden zu haben, der ihm bei ihren ersten Begegnungen Freundlichkeit entgegengebracht hatte und für den er späterhin nicht mehr zu existieren schien.

Huna Ilai wählte jedes einzelne seiner Worte sorgfältig aus. In Sätzen, die er so blumig zusammenstellte, wie er es nur vermochte, drückte er sein Bedauern aus, daß er dem Arzt wegen seiner beschränkten Bildung bei seiner Suche nach dem Stein der Weisen und dem Entschlüsseln des Geheimnisses der Buchstabenfolge keine Hilfe war. Dennoch warte er gespannt auf eine Antwort.

Aber der gute Doktor Celte sagte nichts, aber auch gar nichts auf Huna Ilais Worte. Er lächelte nur freundlich sein schmales Lächeln, bis Huna Ilai seine Angst überwand und ihm drei Fragen stellte: Würde er ihm befehlen, die Religion der Christen anzunehmen? Würde er ihm die Hand seiner Tochter geben? Würde er ein Übersiedeln in das Land Burgund begrüßen oder zog er es vor, daß sie sich in einer jener phantastischen Hansestädte niederließen?

Auch auf diese Worte antwortete Herr Celte nicht, sondern schien in tiefen Gedanken zu verharren. Nach einer langen Weile meinte er erneut, daß er Huna Ilai für dessen schöne, anziehende Worte danke und ihm in Bälde seine Antwort geben werde. Plötzlich hatte Huna Ilai das Gefühl, als befände er sich nicht in der Gesellschaft des Arztes, sondern schwerelos im Nirgendwo. Im nächsten Augenblick beengte ein schreckliches Gewicht seine Brust und preßte ihm die Rippen zusammen. Wie damals, als sein Pferd aus dem Hinterhalt erschossen wurde, strauchelte, über ihm zusammenbrach und ihn heftig blutend mit seinem schweren Kopf und Hals beinah erdrückte.

Immerfort hatte sich Huna Ilai nach etwas Zartem gesehnt, das er in Gerlinda fand. Immerfort suchte er nach etwas Verborgenem, das einer süßen Frucht gleichkam, die unter mannigfachen Schalen vergraben lag und zu verspeisen ein Leichtes war. Und obwohl seine Ängste so groß waren wie die Gerlindas, zog ihn jenes Gefühl der Leichtigkeit so mächtig an, daß es ihn berauschte. Nie war es ihm in den Sinn gekommen, sich mit Gerlinda zu vergnügen – einmal aus Furcht vor den Geheimnissen des Leibes, aber auch aus Furcht vor ihrem Vater. Auch wegen der Ängste, die die Erinnerung an seine Familie weckten, und eingedenk jener furchtbaren Nacht, in der Gott die Juden von Mohn in die Hände der bösen Edomiter trieb, um sie zu vernichten, als ihre Thora auf allen Gassen zertreten wurde und ihre Häuser zum Fraß des Feuers wurden.

Die Angst und das Ersticken, die ihn während seiner Unterredung mit dem Arzt heimsuchten, ließen in seinem Herzen Zweifel an Gerlindas Liebe keimen. Es war nicht der kindische, vergängliche Zweifel, der ihn während des Besuchs jenes prachtvollen Ritters vom Goldenen Vlies gepackt hatte, sondern ein neuer Argwohn, der in ihm bohrte und bohrte.

Eines Abends verließ der Arzt das Lager in einer Mission des Raubritters, der ihn zum Grafen Eberhard, einem Freund aus vergangenen Zeiten schickte, der alle päpstlichen Auszeichnungen erhalten hatte – Rose, Hut und Schwert – und die Absicht hegte, die Hand seiner Tochter Pandolfo de Torrigianni, einem steinreichen italienischen Kaufmann, zu geben. An jenem Abend kam Huna Ilai zu seiner Herzallerliebsten und sagte: Wenn sie nicht in der Trutz ihr Leben fristeten, würde er sich niemals mit den Fragen, die er ihr zu stellen im Begriff war, an sie wenden. Er bitte sie im voraus um Vergebung.

Mit leiser Stimme sagte er ihr, daß sie vor Ereignissen stünden, die schwer greifbar seien. Der Raubritter hege nur den einen Wunsch, in den Schoß des Adels zurückzukehren. Er schwelge in Wohltaten, errichte Armenküchen für Pilger und baue Krankenhäuser für Bedürftige und Unheilbare. Niemand konnte voraussagen, was geschehen würde, denn der Ritter hatte viele Feinde. Man konnte auch nicht wissen, welches ihr Schicksal sein würde und was mit ihrem Vater geschehe. Darum, sagte er, war es fortan nicht mehr gescheit, die gemeinsame Zukunft aus dem Gedanken heraus zu planen, ihr Schicksal sei mit dem ihrer Verwandten und Freunde verbunden. Von nun an müßten sie nur an sich denken, nur an sie beide, als wären sie allein auf der Welt. Darum, sagte Huna Ilai zu Gerlinda, die mit geschlossenen Augen lauschte, bitte er sie, ihn heimlich zu heiraten, zunächst nur mit dem Segen des Mönches Ägidius (jenes Trunkenboldes, der gerne mit Hinz Bartsch zechte). Eines Tages, wenn die schweren Zeiten überstanden wären, würden sie beide einen Weg finden für eine vorschriftsmäßige

Hochzeitszeremonie. Wenn Gerlinda mit diesem Plan nicht einverstanden sei, müsse sie sich ihm hingeben, als sei sie seine Frau. Wenn sie sich ihm verweigerte, könne er nicht länger an ihre Liebe glauben.

Kaum hatte Huna Ilai seine stockende Rede beendet, nahm Gerlinda seine Hand, küßte sie zärtlich und sagte, daß sie seit langem an eine solche Tat denke und viele Nächte lang ihr Kissen mit Tränen befeuchtet habe. Einmal buk sie gar einen Kuchen für den Mönch Ägidius, doch sie wagte es nicht, ihn zu fragen, ob er bereit sei, sie zu segnen. Sie fand ihn betrunken dasitzend, glotzend, seinen Kopf einer der Zimmerecken zugewandt und mit einer Hand in Richtung jener Ecke weisend, als ob er sich angstvoll an ein verborgenes Publikum wandte, während seine Lippen wirre Worte flüsterten.

Als Huna Ilai dies hörte, stieg ihm Röte des Glücks ins Gesicht. Er preßte Gerlinda heftig an seine Brust, packte sie an ihren Hüften, lachte laut und sagte: Auch wenn er in dieser selbigen Nacht sterben müsse und niemals mehr erwachen würde, wäre sein Leben nicht umsonst gewesen, denn er hatte diese wundervollen Worte aus ihrem Mund gehört.

Wahrhaftig war es sein Traum, so sagte er, daß ihre Liebe vollkommen geheim bliebe, heimlich und süß, wie die Klänge der Nacht unter den Sternen des Firmaments, der Wunder Gottes, eine Liebe, die reife, wie die Perle im Versteck der Muschel am Meeresgrund. Aber jetzt freue er sich von ganzem Herzen, daß ihre Zuneigung ans Tageslicht trete und mit dem Rascheln der Blätter und dem Rauschen des Baches eins werde. Und obwohl der Tag niemals kommen werde, an dem einer der Edlen ihnen sagte: Willkommen bei Hofe!, solle ihre Liebe bis in alle Ewigkeiten währen!

Überdies sagte Huna Ilai seiner Geliebten zu, daß er Gott dafür danke, daß schon seit der ersten Stunde ihrer Begegnung Einvernehmen und das Gefühl der Nähe zwischen ihnen geknüpft worden sei. Wenn dies nicht nach dem Wunsch des Himmels wäre, wäre es ihm nie gelungen, ihr sein Herz zu öffnen, ihr seine Liebe und Bewunderung und seinen einzigen und alleinigen Wunsch zu offenbaren und mit ihr bis zum Ende aller Tage zusammen zu sein.

Darauf erwiderte Gerlinda, daß sie die Höfe der Könige, Fürsten und Edelmänner ganz und gar nicht brauche. Ihr alleiniger Wunsch sei es, an einem Ort zu leben, an dem die Menschen tanzten, denn es gab nichts, was sie mehr liebte als den Tanz und das Spiel mit ihrem geliebten Eichkätzchen.

Als er ihre klangvolle, vergnügte Stimme hörte, dachte Huna Ilai erneut an die Vögel: Sprachen oder sangen sie? Pit-pit-pit-oh-pit, tif-tif, twat-twat oder te-tef-tef – was sollten diese Laute schon bedeuten? Würden die Vögel hundertmal ein und dieselben Laute wiederholen, wenn es sich dabei um Worte handelte? Und was war mit den Vögeln, die die Stimmen anderer Vögel nachahmten? Würden sie wieder und wieder Worte wiederholen? Konnte überdies ein einziger Laut wie »tiu« oder »wehit« als Gesang gelten? Und die jähen Rufe, die wie Warnsignale klangen?

Es fiel Huna Ilai nicht leicht, in der Sache zu einer Entscheidung zu gelangen. Und dennoch, als er nach Gerlindas Hand faßte, sagte ihm sein Herz, daß die Vögel wohl sangen und nicht sprachen.

10

In jener Nacht gingen die beiden von Hinz Bartsch begleitet zur Klause des Bruders Ägidius, einer dreckigen, finsteren Nische, die vollgestopft war mit Unrat und staubigem Plunder. Huna Ilais Haar war sorgfältig gekämmt und mit duftendem Öl balsamiert, während Gerlinda das schönste ihrer Kleider trug, ein blütenweißes Gewand aus zarter tripolitanischer Seide.

Bruder Ägidius war wie üblich besoffen, aber in dieser Nacht war sein Rausch nicht ausgelassen und laut, sondern verdrossen und finster. Etwas Zorniges, Unwirsches nagte an der Seele des Mönchs. Als er sah, wie Huna Ilai eine Goldmünze auf sein Pult legte und Gerlinda zu dieser Münze eine zweite, noch größere schob, goß sich der Mönch mit einem tiefen Seufzer einen Becher Wein ein und sagte: Er könne Huna Ilai nicht taufen, diese Zeremonie, die von beispielloser Bedeutung sei, müsse man bei der Kirche ablegen, die zu diesem Sakrament ermächtigt sei, und nicht bei einem elenden, unwissenden Mönch wie ihm. Daraus folge, fügte Ägidius hinzu, dem allmählich dumpf die Lehren des Glaubens dämmerten, die er einst, in den fernen Jahren seines klaren Verstandes studiert hatte, daß er sie nicht verheiraten könne, denn auch diese Zeremonie müsse auf ordentlichem Wege vollzogen werden. Die beiden müßten entscheiden, ob sie sich mit dem, was er ihnen vorschlug, begnügten: Er würde Huna Ilai das Kruzifix zum Küssen reichen und die Worte der Trauung lesen, und wenn sie sich treu ergeben seien, könnten sie mit diesem Ritual vorliebnehmen, bis der Moment der Korrektur gekommen sei.

Jedoch selbst diese Gesten fielen ihm schwer, hob der berauschte Mönch hervor, denn trotz der Lobeshymne seines Freundes Bartsch auf Huna Ilai (an deren Wahrheitsgehalt er nicht zweifle, denn er glaube den Worten des Kumpanen und verlasse sich auf dessen Meinung) könne er nicht darüber hinwegsehen, daß Huna Ilai Jude sei und auf der Flagge der Juden seit Tausenden und Abertausenden von Jahren in blutigen Lettern jener grausame Satz geschrieben stehe: Auge um Auge, Zahn um Zahn.

Dagegen prange auf dem Banner der Christen in Buchstaben aus dem Nektar von Veilchen: Wenn dir jemand einen Streich gibt auf deine rechte Backe, dem biete auch die andere dar.

Der Unterschied zwischen den beiden Flaggen sei wie der von Meer und Land, Tag und Nacht und Berg und Tal. So sprach der Bruder Ägidius, dessen Trunkenheit mit einem Schlag verflogen schien. Er glotzte Hinz Bartsch an, der mit finsterer, verschlossener Miene und gesenktem Blick wortlos in der Ecke saß.

In Huna Ilais Augen entzündete sich plötzlich ein Funke. Dennoch sprach er in gefälligen Worten zu dem Mönch und entgegnete ihm, daß er mit eigenen Augen gesehen habe, wie sein Volk gemeuchelt zu Boden fiel wie eine Herde Lämmer ohne Hirt. Sein Vater, der ein bedeutender Gelehrter war, hatte ihn gelehrt, daß es auf der Welt viele Völker gab, die hundertfach mehr sündigten und frevelten als die Juden und nicht im geringsten bestraft, sondern im Gegenteil sogar noch von Erfolg gekrönt wurden.

Schließlich, sagte Huna Ilai, wünsche er nichts anderes, als die Gebote des Gekreuzigten, die Gebote des Glaubens und der Wahrheit zu achten. Darum seien Schmähungen nicht vonnöten.

Mein werter, gnädiger Herr, sagte Huna Ilai, weiser, ehrwürdiger Bruder Ägidius, Ihr seht in mein Inneres und sollt nicht zürnen, daß ich meiner Herkunft nach ein Jude bin. Erinnert Euch bitte daran, was in den Psalmen, die den Juden und Christen gleichermaßen heilig sind, geschrieben steht: Wir sind alle unten in der Erde gebildet worden. Schließlich kamen wir alle aus der Dunkelheit ins Licht der Welt. Darum sind wir der Gnade Gottes alle würdig.

Bitte erinnert Euch, ich flehe Euch an, was in den Sprüchen Salomos geschrieben steht: Ein stolzes Herz ist dem Herrn ein Greuel. Und was jenes Auge um Auge, Zahn um Zahn betrifft, so scheint mir, daß es nur wenige Menschen gibt, die das Alte und Neue Testament so gut kennen wie der verehrte Mönch Ägidius, der sich gewiß an die Worte Gottes an Abraham erinnert, daß er den Widder an seines einzigen Sohnes Statt opfern solle. Das war die Lehre der Juden, und so verhielten sie sich schon zu jener Zeit, geschweige denn in unseren Tagen.

Zahn um Zahn, Auge um Auge? – O, Bruder Ägidius! Bei meiner Seele, rief Huna Ilai, so etwas wird einem Juden nicht im Traum einfallen. Nur grauenvolle, schreckliche Taten von unerträglicher Schwere können Rachedurst im Herzen eines Juden erwecken, und auch diesen Durst löscht er allein durch das Gebet. Nun, wo wir unter uns sind, werde ich für einen Augenblick mein Hemd abstreifen, sagte Huna Ilai, Ihr sollt wissen, verehrter Bruder Ägidius, so wie kein Mensch den Namen Gerlindas aus meinem Fleisch löschen kann, werde ich meinem Gelübde treu bleiben, wenn der Tag gekommen ist.

Seht nur, sagte er, während er sein Hemd öffnete, die Brust entblößte und mit dem Finger darauf hinwies, daß just unter seinem Herzen Gerlindas Name eingeätzt war. Nun werde ich darum bitten, daß man mir an dieser Stelle das Kruzifix auf die Brust ritzt, falls ein solches Tun erlaubt ist.

Und schleunigst zog er sein Hemd wieder an, um vor den Augen des Mönches, der immer nüchterner wurde, die Namen des Paters Melchior und dessen Bruders Bernold zu verbergen, die auf die Muskeln seiner Arme geätzt waren.

Bei den Worten Huna Ilais verzog der Mönch mürrisch das Gesicht. Er schielte auf die Münzen, die auf dem Tisch glänzten, und griff nach einem Buch in fleckigem, speckigem Einband, entzündete ein Weihrauchkörnlein und brachte das Kreuz, das um seinen Hals baumelte, an Huna Ilais Lippen. Dann knurrte er ein rasches Gebet aus dem Buch, das offen in seiner Hand lag. Schließlich sprach er mit weinseliger Stimme den Segen über Huna Ilai und Gerlinda, räusperte sich und fügte geschwind einen lateinischen Segensspruch hinzu: *Benedic, Domine, adolescentulos istos, sicut benedixisti Thobiam et Sarram, filiam Raguelis* – Gott segne diese jungen Menschen, wie du Tobias und Sara, die Tochter des Raguël, gesegnet hast!

Dann scheffelte er die Münzen in seine Tasche und reichte Hinz Bartsch einen Becher Wein, doch jener wehrte ab und warnte den Mönch grollend: Wenn der Arzt oder der Raubritter von diesem Akt auch nur ein Sterbenswörtchen erführen, würde der Mönch noch in selbiger Nacht, mochte er auch von Dutzenden bewehrter Männer umgeben sein, oder suche er in dem geheimsten aller geheimen Verstecke Zuflucht, unter heftigen Qualen das Zeitliche segnen. Hüte er jedoch seine Zunge, so werde er ihm für immer und ewig Dank zollen.

Gerlinda sah ein wenig beklommen zu Hinz Bartsch. Auch Huna Ilai wandte sich diesem zu und sagte sanft: Mein Vater, dies ist ein wundervoller, glücklicher Augenblick in unserem Leben. Es ziemt sich nicht, solch einen feierlichen Moment mit Drohungen zu trüben!

Doch Hinz Bartschs düstere Miene erhellte sich mitnichten, er nickte nur stillschweigend zum Zeichen der Zustimmung.

Huna Ilai machte Gerlinda ein silbernes Armband zum Hochzeitsgeschenk, das ihm beim Überfall auf eine der größten Goldschmieden des Landes als Beute in die Hände gefallen war. In dessen Glieder waren die Figuren des Tierkreises gestanzt. Gerlinda legte ihm einen grünen Schal aus Damast um den Hals und band ihn ordentlich mit ihrem frischen, bezaubernden Lächeln.

Selbst wenn die Liebe zwischen Huna Ilai und Gerlinda weniger zart und tief gewesen wäre, wären die Tage und Nächte, die auf die Hochzeit folgten, wunderbar und zauberhaft zugleich gewesen. Sie verbrachten Stunden des Offenbarens tiefster Geheimnisse und seliger Hingabe, Stunden der Angst und der Kühnheit, des Genusses und der Überwältigung. Sie beantworteten die sie umgebenden Stimmen und Wahrnehmungen wie Windharfen Böen und Mond- und Sonnenstrahlen erwidern. So gingen zwei Wochen dahin, bis der Arzt zurückkehrte.

Gleich nach seiner Rückkehr wurde der Arzt zum Raubritter gerufen, dem er die Nachricht überbrachte, daß ihm die Unterstützung seiner Freunde am Hof des Kaisers gewiß sei, wenn wahrhaftig eine Bitte um Vergebung ausgesprochen würde. Der Arzt hatte noch mehr aufzuweisen. Er überbrachte dem Ritter ein Schreiben des Grafen Eberhard, der die Hand seiner Tochter Pandolfo de Torrigianni, jenem reichen Italiener, gab. Wenn der von Wittmar in Begleitung einer Handvoll Menschen zur Hochzeitsfeier seiner Tochter erscheine, schrieb er, sei er bereit, für deren Wohlergehen zu bürgen. Ein solcher Festtag könne ein willkommener Anlaß für Versöhnungsgespräche und Gesten der gegenseitigen Annäherung sein.

Des Raubritters Mißtrauen erwachte für einen kurzen

Augenblick zum Leben, denn dieser vertraute seinem alten Freund nicht von ganzem Herzen. Aber nachdem er eine Weile Für und Wider gegeneinander abgewogen hatte, befand er, daß Graf Eberhard es nicht zulassen würde, daß man ihm während der Feier ein Leids zufügte. Nach den Feierlichkeiten, glaubte der Ritter, würde er sich ohne fremde Hilfe gut selber zu schützen wissen. Dennoch bemerkte der Raubritter die Versessenheit des Arztes, ihn zu überreden, die Einladung anzunehmen, und wunderte sich im Stillen.

Der Ritter sah Gerlinda, die Tochter des Arztes an, die den Rücken ihres Eichkätzchens streichelte, den prächtigen Schweif um den Finger wickelte und sich mit leiser Stimme ein Lied sang. Wie schön sie doch war! Seit langem hatte er ihr keine Beachtung geschenkt, und so war seinen Augen die große Veränderung entgangen, die sich an ihr vollzogen hatte! Sein Kopf neigte sich zur Seite, und der Ritter mit dem Greisenhaar dachte bei sich: Auch wenn die Sache schwer und gefährlich war, mußte er den Fluß überqueren, ans andere Ufer gelangen, an das reinere Ufer, das sittlichere Ufer, das Ufer der Manieren und Masken, wo der Teufel selbst sich in einen Engel des Lichts verkleidete. Zu guter Letzt würde es ihm wegen des Haufen Goldes, den er in den vielen Jahren der Plünderung und des Raubes angehäuft hatte, und dank eines seiner glorreichen Vorväter, jenes Ritters aus den Reihen des Gottfried, des legendären von Bouillon, niemals an Ehre mangeln!

Ein schwaches Lächeln zeigte sich auf seinen Lippen, während er Gerlinda lauschte, die mit sanfter Stimme dem Eichkätzchen zuflüsterte: Cauda ... Cauda ... Cauda ... Das Tier hingegen richtete die rot glühende Schwanzspitze auf, und mit winzigen Regungen des Köpfchens und raschen Blicken schien es ihre Zuneigung auf die Probe stellen zu wollen. Dickflüssiges, reiches Blut hatte die Tochter des Arztes, wie das seiner Frau, die eines schönen Tages den Verstand verloren hatte, völlig grundlos – einem Fluch der Vorfahren folgend.

Es vergingen zwei weitere Wochen, und Huna Ilai begann daran zu denken, sich allein, das heißt mit Hinz Bartsch, zum Kloster St. Blasius aufzumachen, und siehe da, vor der letzten Nachtwache, als er an den Nordeingang des Räuberlagers abgeordert war, gesellte sich plötzlich Ul, der Taschenspieler, zu ihm und unterbreitete ihm einen Plan: Zunächst würde Ul nur von zwei Helfern begleitet eine Route einschlagen, die ihm wohlbekannt war. An den Rastplätzen würde er Nachrichten für Hinz und Huna Ilai hinterlassen. Der Ritter sollte Hinz und Huna Ilai in einer verschlossenen Kutsche folgen, vor die nur ein einziges Pferd gespannt werde, wiewohl ein kräftiges, gesundes Tier. Seine Männer brächten ihm unterwegs das Essen zur Kutsche, so daß er sich nicht einmal für einen Augenblick zu erkennen geben mußte. Auf diese Weise sollte der Raubritter zum Wirtshaus Zur Goldenen Quelle gelangen. Von dort bis zum Hof des Grafen Eberhard drohe ihm keinerlei Gefahr mehr. Doch am Hof von Eberhard gelte es, jeden Winkel sorgsam zu überprüfen, falls einer dem Ritter eine Falle stellte.

In der Schenke sollte der Ritter den Arzt und dessen Tochter treffen und gemeinsam mit ihnen zu der prunkvollen Hochzeitsfeier reiten. Sollte Huna Ilai von Ul Nachricht erhalten, daß unterwegs auch nur das Geringste vorgefallen sei, war er gehalten, auf der Stelle kehrtzumachen, den Ritter zu suchen und ihm von dem geänderten Plan zu berichten. Auf Huna Ilais Frage (der seine Freude über die Kunde, daß auch Gerlinda zum Hof des Grafen aufbrechen würde, zu verbergen versuchte), was Ul denn so fürchte, antwortete jener: Von dem Tag an, an dem sein Kumpan ermordet worden sei, habe er doppelt so umsichtig sein müssen; zwar mißtraue er nicht jedermann, wie es der Ritter tat, doch schließlich fand man noch keine Erklärung für den Tod seines Freundes. Solange dies nicht soweit sei, müsse er auf der Hut sein. Wenn alles seine Richtigkeit hätte und dem Ritter alles vergeben würde, fügte er hinzu, würde es in ihrem Leben eine gewaltige Veränderung geben. Das Ende ihres Waldlebens rücke in greifbare Nähe. Schon bald wohnten sie alle in prächtigen Kammern, lägen im Schoß der schönsten Weiber weit und breit, Seidenkleider schmeichelten ihrem Fleisch, und die edelsten Weine und Leckerbissen verwöhnten ihre Gaumen.

Ul fuhr fort: Nach dem Ausgang der Hochzeitsfeierlichkeiten würde man geschlossen zum Kloster St. Blasius aufbrechen. Womöglich schlössen der Graf Eberhard und sein Gefolge sich ihnen an und träten als Fürsprecher vor den Gesandten der Fürsten auf. Bis zu jener Stunde hätte sich gewiß alles geklärt und drohte ihnen keinerlei Gefahr mehr. Doch erreichten sie das Kloster, so würden sie sich in aller Heimlichkeit zwischen seine Mauern schleichen, um sich in vollkommener Sicherheit zu wiegen, daß man sie in keine Falle gelockt hatte und es tatsächlich die Gesandten der Fürsten waren, die ihrer dort harrten, und nicht etwa Söldner, die ihnen auflauerten, um sie totzuschlagen.

Der lange Ul lobte die Freude, die er in den Augen von Huna Ilai bemerkte, als er von dem Vorhaben hörte. Es ist gut, mein Junge, sagte er, daß es dir unter den Nägeln brennt. Aber laß mich dir etwas sagen, wenn es mich auch nichts angeht: Ich will nicht wissen, welche Absichten du hegst und was du zu tun gedenkst, wenn jener Mönch Bernold wahrhaftig in St. Blasius ist, Huna Ilai. Ich habe auch nicht die Absicht, irgendeiner Menschenseele von dieser Geschichte zu erzählen. Doch wenn es für den Ritter wie auch immer gefährlich wird, so mußt du wissen, daß ich ihn beschützen werde, ihn allein. Und du, mein Junge, mußt dich vor jeder übereilten Tat hüten, die uns in Gefahr bringen könnte, denn ich werde nicht zögern, Hand an dich zu legen, wenn es sein muß.

Er heftete seine Knopfaugen auf Huna Ilai, der ein paarmal mit dem Kopf nickte und dachte, wie einfältig er Ul erscheinen mußte, wenn dieser derlei betonte. Um jeglichen Verdacht aus Uls Herz zu vertreiben, fragte Huna Ilai, ob er denn je bei solch einer Hochzeit zu Gast gewesen sei. Da wurde Ul wieder fröhlich und meinte, daß er noch nie bei einer Hochzeitsfeier zugegen war, die von Italienern ausgerichtet wurde, welche in schmückendem Beiwerk und Maskeraden bewandert waren. Er fügte hinzu, daß jener Torrigianni zwar ein Schurke und ein beispiellos niederträchtiger Hochstapler sei, doch im Gegensatz zu anderen Italienern sei er nicht geizig und habe die Angewohnheit, Hände voller Goldmünzen unters Volk zu schmeißen. Huna Ilai wiegte Ul endgültig in Sicherheit, als er ihm versprach, seine Sache gut zu machen, denn er habe sich schon in so mancherlei Kämpfen geübt.

Jetzt oder nie, dachte Huna Ilai. Zum ersten Mal in all diesen Jahren sollte er gemeinsam mit Gerlinda und Hinz die Trutz verlassen. Zum ersten Mal sollte er nicht ständig von einer großen Anzahl Menschen umgeben sein. Zum ersten Mal wußten er und Gerlinda, was sie wollten. Und zum ersten Mal, zum ersten Mal in all diesen Jahren würde Bruder Bernold in seiner Reichweite sein. Mut, Entschlossenheit und genaue Planung – und in zwei, drei Wochen würden alle Würfel gefallen sein, und alles, was ihm in seinem Leben etwas bedeutete, fände eine Lösung.

Als Hinz Bartsch vom Plan des langen Ul erfuhr, knurrte

er ein wenig verdrießlich, und Huna Ilai staunte, als er ihn sagen hörte, daß sie diesen Plan nach seinem Erachten nicht ausführen durften. Anstatt als erste Zur Goldenen Quelle zu gelangen, sei es besser für sie, unterwegs dem Arzt aufzulauern, Gerlinda zu entführen und sich in die Berge zu schlagen, um größtmöglichen Vorsprung vor dem Raubritter samt seinem Gefolge zu gewinnen.

Es bestehe kein Zweifel, sagte Hinz, daß ohne ihr Zutun weder Ul noch der Ritter erfahren würden, was unterwegs geschehen wäre. Der Ritter würde zu der Feier am Hof von Eberhard eintreffen, und zu gegebener Zeit auch der Doktor Celte. Selbst wenn der Raubritter Celtes Behauptung glaubte, daß Huna Ilai es gewesen wäre, der Gerlinda entführt hätte, so würde er sich dennoch nicht von der Feier und dem Treffen mit den Herren Gesandten entfernen können. Bis er Gelegenheit haben würde, etwas zu unternehmen (falls er sich überhaupt dazu entschlösse), wären Huna Ilai, Gerlinda und er selbst schon weit weg von Kloster und Trutz und all den Feinden, die ihnen wie nach Beute jagende Tiere auf Schritt und Tritt auflauerten.

Und was wird mit ... wollte Huna Ilai einwenden. Aber Hinz Bartsch unterbrach ihn mit einer Handbewegung und sah ihn mit solch einem schroffen, strengen Blick an, daß sein Lehrling es vorzog zu schweigen. Hölle und Verderbnis! schrie er, du mußt darüber nachdenken, was ich dir sage! Dann fügte er mit leiserer Stimme hinzu: Falls du dich zu guter Letzt doch für Uls Plan entscheiden solltest, werde ich dir auch dann meine Hilfe nicht versagen.

Als er das hörte, drehte sich Huna Ilai zu Hinz und rief: Mein Vater. Mit Tränen in den Augen sagte er, daß er sein Gelübde nicht vergessen und nicht brechen könne, denn ohne Rache an Bruder Bernold zu nehmen, habe sein Leben keinen Sinn.

Darauf erwiderte Hinz Bartsch, daß sein Blut niederträchtiger sei als das Blut der Henker und seine Entscheidung für die Rache töricht und nutzlos. Ein Glas für den Henker und die Liebe einer Frau für seinen Lehrling seien genug, um das falsche Gericht und die Erniedrigung zu vergelten. Huna Ilai solle einen der Priester der Juden zu Rate ziehen.

Doch mit tränenden, gesenkten Augen tat Huna Ilai seine Worte ab, indem er ihm antwortete, daß sein Vater ein großer Kenner der Religion und ein bedeutender Kommentator ihrer Heiligen Bücher gewesen sei. Er sei es gewesen, der von Rache gesprochen habe. Herr, du Gott der Vergeltung ... Huna Ilai nahm Hinz Bartschs derbe Hand und versuchte, dessen Trübsal zu vertreiben. Er sagte, daß alles in Ordnung käme und es ihnen schon gelänge, ihren Feinden im richtigen Moment zu entfliehen.

Je mehr er sich betrank, desto trüber wurde die Laune des Hinz Bartsch. Eines Abends, während eines heftigen Regengusses, als beide neben dem brennenden Ofen saßen, in die Flammen stierten, die ab und zu vor das Ofenloch drangen, und dem Pochen der Regentropfen auf dem Zinndach und dem Heulen des Windes lauschten, schloß Huna Ilai glücklich und ruhig die Augen. Da hörte er Hinz plötzlich sagen: Vielleicht ist dies unsere letzte Nacht auf Erden, womöglich ist es die vorletzte. Unsere Zeit neigt sich dem Ende.

Nach diesem Abend ging Huna Ilai zu Gerlinda, um Abschied zu nehmen. Lange Zeit hielt er ihre Hände. Er küßte sie immer wieder, so lange es die Zeit erlaubte, denn ihr Vater schlief im Nebenraum. Eine ganze Weile sah er ihr Eichkätzchen an, über dessen glänzendem Fell der Duft des Honigs schwebte, den es vordem geschleckt hatte. Huna Ilai sah lange auf die ausdrucksvollen Pfötchen, die den Händen eines Menschen ähnelten, der beim Gebet ein unsichtbares Tuch befühlte; in allen Bewegungen des Tierchens lag Vorsicht und eine zarte Andacht, als ob sie dazu bestimmt waren, auf irgendeine verborgene Sorge zu antworten.

Wohl dir, o du Betender! wandte sich Huna Ilai dem Eichkätzchen zu, und es war ihm, als höre er, wie das winzige Tier nach ihm rief, mit einer leisen, ruhigen, doch deutlich zu vernehmenden Stimme.

Das Eichkätzchen antwortete ihm mit seinen von Licht und Unschuld erfüllten Augen: Laß dein Schwert trunken werden von Blut? Man sagt über deine Vorväter, daß sie durch ihr Gebet das Diesseits und Jenseits erwerben ... Das Eichkätzchen fragte Huna Ilai mit dem Falten seines braunen, winzigen Schnäuzchens weiter: Macht man etwa aus sauer süß und aus süß sauer?*

Huna Ilai zauderte, wie er von Gerlinda Abschied nehmen sollte. Der Drang, sie zu umarmen, seinen Kopf in ihren Schoß zu betten, ihre Hand zu ergreifen und in ihren Wärmekreis zu tauchen, legte sich nicht. Jeder Zug ihres Gesichts und Teile ihres über alles geliebten Körpers übten nun eine betäubende Anziehungskraft aus, fesselten ihn und erfüllten ihn mit ungewohnter Trauer. Sein Blut floß heißer als je zuvor. Das kleine Zimmer änderte seine Farbe, wurde rosa und dunkel, bis Huna Ilai sich erstaunt die Augen rieb. Er ließ sich zu Gerlindas Füßen nieder. Gerlinda streichelte sein Haar. Huna Ilai dachte bei sich: Ohne sie anzusehen würde er in der Lage sein, ihr ein paar Abschiedsworte zu sagen. Aber kein Ton kam über seine Lippen, nur sein Atem wurde schwer, und Tränen fielen unablässig aus seinen Augen. Ein leichter Wind trug Blütenduft aus dem Garten herbei. Huna Ilai flehte den Frühlingswind an, ihm auf die

* Jesaja, 5.20

Beine zu helfen und seinen Gliedern Kraft zu verleihen, und es fiel ihm das kleine Fenster in seiner Kammer in Mohn ein, aus dem man einen sanften Hügel voller Mohnblumen sah. Die Erde bewegte sich in leichten Zuckungen, wie in Erwiderung der Sonnenstrahlen, und an sein Ohr drang das Summen der Bienen. Der Wind blätterte in den Seiten eines Buches und fuhr in die Stickerei, die seine Mutter auf den Bezug des Beschneidungskissens gestickt hatte. Ach hätte ich dort mein Leben gelassen, dachte er jäh und grub sein Gesicht in Gerlindas große Hand.

Am nächsten Tag dachte Huna Ilai nicht an die bevorstehenden Gefahren und nicht an Uls Ränke, sondern an den großen Ball. Er würde Gerlinda tanzen sehen, in ihren schönen Kleidern inmitten der Damen aus Italien in ihren Kleidern aus Seide, Samt und Spitze, deren Säume wie die Banner kämpfender Heere flattern würden. Die prächtigen Herren, die er sich allesamt in der Gestalt des Herrn Olivier Nogaret de Dignemont, des Ritters vom Goldenen Vlies, vorstellte – sie alle würden sich im schönsten und prächtigsten Saal des Grafen im Tanze wiegen.

Jener gräßliche Rachedurst, der sich mit der Lust vermischte, den prächtigen Ball des Grafen Eberhard und des Herrn Torrigianni zu erleben, hätte allen Bewohnern der Judengasse zu Mohn offenbart, wie weit es mit dem Sohn des Rabbi Abraham ben Asriel Brandin, des Verfassers von »Das Schild Abrahams«, »Der Bund Abrahams« und »Der Baum Abrahams«, gekommen war.

An jenem Abend ersuchte Herr von Wittmar den Doktor Celte, ihm ein eigenes Horoskop für die Reise zum St. Blasius-Kloster zu erstellen: An welchem Tag oder in welcher Nacht würde der Aufbruch unter dem Segen der Fixsterne und der Planeten stehen? Der Doktor Celte malte ihm ein wunderschönes dreifarbiges Horoskop: Der Himmel gab sein Ja zu dieser Reise, und für ihren Antritt wurde die genaue Stunde festgelegt. Das Blatt selbst verbarg Herr von Wittmar in der Tasche seines Mantels, dicht bei seinem Herzen.

11

Der ersehnte Morgen kam. Schon in der Dunkelheit der Nacht hatte Ul sein Lager verlassen. Ein paar Stunden nach ihm machten Hinz Bartsch und Huna Ilai sich auf Zur Goldenen Quelle. Ihre erste Station war eine Schenke, etwa achtzig Meilen weit von der Festung. Hier sollte Ul gemäß dem Plan seine erste Nachricht hinterlassen.

Lange striegelte Hinz Bartsch sein Pferd Hagel. Fünf Jahre waren seit jenem schicksalhaften Morgen verstrichen, als er auf einem jungen Pferd zur Stadt Braunschweig aufgebrochen war und sich ein elender, heulender Knabe auf seiner Stute hinter ihm herschleppte. Er richtete die Augen auf Huna Ilai und wunderte sich, wie wenig dieser mit dem Knaben von einst gemein hatte; selbst die Art, wie er im Sattel saß, zeugte von einer Freiheit und Anmut, wie sie auch nach aufreibendem Exerzieren nur wenige Edle erreichten. Wenn Huna Ilai die Liebe von Gerlinda gewinnen konnte, barg er wohl auch etwas Zärtliches in sich, das dem Fremden verborgen blieb; Hinz nahm oftmals eine kaum zu beschreibende, stechende Schärfe in den Worten seines Lehrlings wahr, etwas Strenges, Hartes, das ihn grauste – trotz der tiefen Zuneigung, die er für Huna Ilai empfand.

Hinz Bartsch betrachtete die lilagrauen Schatten, die sie warfen, und die wuchtigeren Schatten ihrer Pferde, die an der Seite der felsigen Pfade vorüberhuschten, buckelig und entstellt wie Geschöpfe der Hölle. Seit fünf Jahren war er nicht mehr weit geritten. Seine Angst war erschöpfender und dumpfer als die von Huna Ilai, wie die Furcht eines Menschen nach langem Siechtum – eine Angst vor unvorhergesehenen Gefahren, unerwarteten Räuberbanden, betrunkenen Wachposten und undurchschaubaren Intrigen. Alles, was er wünschte, war, diese Reise auf diesem oder jenem Weg zu Ende zu bringen. Und am meisten lag ihm am Herzen, daß sie zu Ende gehen möge, während Huna Ilai, Gerlinda und er selbst noch irgendwo lebend unter Gottes Sonne weilten. Bevor sie sich für den Rest des Lebens an einem Ort niederlassen würden, dachte er, würde es ihm vielleicht gelingen, am Grab seiner Frau niederzuknien und nachzusehen, ob aus den Ritzen der steinernen Umfriedung noch die Rosen wuchsen, die er dort gepflanzt hatte. Kamen die Toten wahrhaftig zuweilen zu Gast auf Erden, um ihren Lieben und den Orten, an denen sie gelebt hatten, einen Besuch abzustatten? Mußten sie zu ihren Sphären zurückkehren, zwischen den Steinspalten verschwinden, aus denen die Rosen aus geheimnisvollen Gängen entsprangen? Er hob seine Augen gen Himmel – wie ein Schiff segelte dort eine weiße Wolke.

Am Ende des zweiten Tages ihres Rittes erreichten sie die Herberge, ihre erste Station. Dort sollte einer von Uls Männern auf sie warten. Wahrhaftig erkannten sie den Mann sogleich, einen hochgewachsenen Kerl mit kleinem Kopf und mit Namen Sieber, dem Befehle zu erteilen dem kleinen Ul gewiß Vergnügen bereitete. Sobald sie den Schankraum betraten, erhob sich Sieber von seinem Schemel und sagte, daß Herr Ul bis zu diesem Zeitpunkt mit dem

Weg zufrieden war, daß alles nach Plan verlief und sie in Uls Fußstapfen getrost weiterreiten konnten, während er auf das Erscheinen des Herrn Ritters warten und den Doktor Celte treffen wollte. Sieber hatte augenscheinlich Angst vor Hinz Bartsch und wandte den Blick von ihm ab, während er sprach.

Auf Huna Ilais Frage, wer die Gäste in der Herberge seien, antwortete Sieber geschwind, daß sowohl Herr Ul als auch er selbst sich nach ihnen erkundigt hätten. Es habe sich jedoch herausgestellt, daß sie nicht von Interesse seien, nichts weiter als Kaufleute und Handwerker, die wie üblich in der Herberge verkehrten und von denen der Wirt überdies die meisten kannte. Auf Huna Ilais Frage, ob die Kammer, die ihm und Hinz Bartsch zugedacht war, ein Fenster oder eine Tür hätte, durch die man mühelos die Flucht ergreifen könnte, wenn es sich als nötig erweise, antwortete Sieber rasch: Es sei eine Kammer für sie gerichtet, in der es zwei Fenster gebe, eines nach Norden und eines nach Süden, sowie eine breite Luke in der schrägen Decke. Aber es gebe keinen Grund, an Flucht zu denken.

Huna Ilai fürchtete keine Falle. Allein, er ließ sich zu all diesen Fragen hinreißen, um Hinz Genüge zu tun. Er ließ seinen eigenen Sattel im Stall zurück, nahm jedoch Hinzes Sattel mit (ein Erbstück seines Großvaters), der vorne und hinten erhaben und mit zartem Kalbsleder bespannt war und mit dem Hinz nicht weniger verbunden war, als mit seinem Pferd Hagel.

Wie ein jeder, der es sich zu seiner Sache macht, alle erdenklichen Taten zu lenken, und wie Herr von Wittmar, in dessen Herz auch dann noch ein Restlein Sorge verblieben war, nachdem er sich entschlossen hatte, Ul zu vertrauen, so verließ Hinz Bartsch sich nicht auf das Urteil seines Lehrlings, mochten dessen Kraft und Findigkeit noch so groß sein. Frohsinn, Trauer, Pläne und Zaudern Huna Ilais hatten nur wenig mit der Wirklichkeit gemein und entsprangen allein seinen unbeständigen Launen. Auch wenn es draußen kalt und regnerisch ist, scheint die Sonne in meinem Herzen, pflegte Huna Ilai von sich zu sagen. Und umgekehrt: Auch wenn die Sonne scheint, können dunkle Wolken meine Brust bedrücken.

Hinz Bartsch sah wohl, wie Huna Ilai die Kunst des Schwertes und all die Kriegshandwerke viel schneller erlernte als er selbst, obgleich sein eigener Vater ihm mehr als einmal Prügel versetzt hatte, wenn er seine Übungen vernachlässigte. Huna Ilai mußte man hingegen nie zum Üben ermahnen. Doch er war ganz und gar von Gefühlen beherrscht, die nichts mit dem gemein hatten, was um ihn herum geschah. Es war denkbar, daß er in diesem Punkt nie das Erbe des Rabbiners überwand, das ihn geprägt hatte. Vielleicht war es das Blut der Bücherleser, das in seinen Adern floß. Die hatten ihr eigenes Sonnenlicht und ihre eigenen Wolkenschatten.

Hinz Bartsch hegte nicht nur den Verdacht, nein, er war von ganzem Herzen davon überzeugt, daß ihnen jemand einen Hinterhalt gelegt hatte, wenngleich er keine Ahnung hatte, wer derjenige war. Husch war ermordet worden – nun lauerte ihnen einer auf, der über Geduld und Macht verfügte. Aber vergebens versuchte Hinz, Huna Ilai seine Befürchtungen nahezubringen.

Als sein Lehrling zum Schlaf in die Kammer stieg, kauerte sich Hinz in die Ecke neben den erloschenen Kamin und sah ruhelos auf den schneeweißen Schaum der beiden Bierkrüge, die ihm aufgetischt wurden. Er wurde von Schmerz gepackt, als ihm die engen Gassen einer Stadt einfielen, an deren Namen er sich nicht erinnerte und durch die er vor vielen Jahren in Schnee und Nordwind gezogen war, der die

Windräder und Schilder der Gasthöfe in den Angeln frieren ließ. Der Tod lauerte ihnen auf, daran hegte Hinz keinen Zweifel. Sich an dem Mönch rächen, Gerlinda von ihrem Vater entführen und von den Gefolgsleuten des Raubritters fliehen, bevor jener begriff, was geschehen war ... Hinz bedauerte die Sturheit Huna Ilais und sagte sich, daß er nochmals mit ihm reden mußte, ein letztes Mal. Er brachte den Bierkrug an seine Lippen, doch stellte er ihn erneut auf den Tisch, ging zu seinem Bündel, löste die festen Knoten und zog sein Schwert heraus. Erst dann trank er von dem weißschäumenden Gebräu, dessen Duft wie der von Muscheln und feuchter Erde im Herbst war.

In der Frühe sollten sie neben dem Stall auf ein Zeichen aus Siebers Fenster warten, auf daß sie ihre Pferde besteigen und zum Wirtshaus Zur Goldenen Quelle aufbrechen wollten. Aber lange bevor der Morgen dämmerte, weckte Hinz Huna Ilai und flüsterte ihm entschlossen zu, daß sie die Herberge auf der Stelle verlassen mußten. Huna Ilai war sogleich hellwach.

Schon nach kurzer Zeit schlugen die beiden einen Weg ein, der schwach im Grau der Morgenwolken glitzerte. Es war nicht der vereinbarte Weg zum Wirtshaus Zur Goldenen Quelle, sondern eine andere, eine längere Route. Vergeblich versuchte Huna Ilai aus Hinz herauszubekommen, wen er für den Feind hielt. Den ganzen Ritt über wog Bartschs Schweigen schwer. Doch am Mittag, bei der ersten Rast, bat er Huna Ilai zu überdenken, was er ihm vorzuschlagen gedachte: Sie sollten bei dem Wirtshaus Zur Goldenen Quelle auf den Doktor Celte und Gerlinda warten. Mit irgendeiner Ausrede sollte Huna Ilai sich mit Gerlinda davonmachen und mit ihr zu einer der Städte reiten, in denen zu wohnen es ihn so sehr gelüstete. Hinz würde bleiben, um zu sehen, ob der Doktor Celte, der es gewohnt war, daß Huna Ilai seine Tochter begleitete, ihr Verschwinden bemerkte. Wenn dem so wäre, würde Hinz Celte mit seinem Schwert daran hindern, sie zu verfolgen. Schöpfte der Arzt keinen Verdacht, würde Hinz mit ihm bis zum Landsitz des Grafen reiten. Bei Hereinbrechen der Nacht würde Hinz sich zum St. Blasius-Kloster aufmachen und eigenhändig den Kopf des Mönches Bernold, der Huna Ilai so verhaßt war, abhacken – das versprach er ihm. Er war der Henker, und der Tod war seine Zunft; und so dachte er, daß kein anderer als er einem Menschen das Leben nehmen sollte. Nachdem Hinz die Rache für Huna Ilai vollzogen hätte, würde er sich den beiden anschließen, wenn sie es wünschten.

Doch Huna Ilai machte ein zorniges Gesicht und lehnte das Angebot knapp und ungeduldig ab.

Als sie gegen Abend den Wald erreichten, sahen sie jenseits der Baumreihen die Lichter von Fackeln und ein wenig weiter weg kleine Lagerfeuer. Als sie sich dem in einer Lichtung aufgeschlagenen Lager näherten, wurden sie von einem betrunkenen Wachposten gewarnt, der vor einem kleinen eigenen Lagerfeuer saß: Wenn sie zu den Lagerfeuern gingen, drohe ihnen Gefahr, denn angeblich forderte eine Seuche noch immer viele Tote unter den Leuten dieser Bande. Auf Hinz Bartschs Frage, wer denn die dort seien, antwortete der Wächter, diese Leute seien Kämpfer aus den Steppen Böhmens und Ungarns, die ihrem Land für immer den Rücken gekehrt hatten und nun eine neue Heimstatt suchten. Es gab darunter auch eine Handvoll Sachsen, die einst unter der Flagge der Hussiten gekämpft hatten.

Zutiefst bewegt, das glühende Gesicht vom Nachtwind gekühlt, schritt Huna Ilai durch die Reihen der verwundeten, geschlagenen Kämpfer. Ein paar der verbundenen Soldaten warfen die Würfel auf die Haut einer Pauke und nickten kurz zum Gruß. Die Steppen Böhmens? Sahen so die Kämpfer der Hussiten aus, an die er so zahlreiche Hoffnungen geknüpft hatte und für deren Siege er getreu der Anweisung seines Vaters dreimal täglich gebetet hatte?

Von einem der Lagerfeuer hörte man lautes Raunen, Weinen und ersticktes Seufzen. Wie grausam war es doch, die Schlacht zu verlieren, wie entsetzlich, besiegt zu werden, wie grauenvoll, den Fluch des endgültigen Untergangs zu spüren, das Verflüchtigen der Hoffnung, dachte Huna Ilai.

Als er auf das Lagerfeuer zuging und behutsam zwischen den schlafenden Leuten einherschritt, die aussahen wie Tote, fiel sein Blick auf einen jungen Mann mit langem, fettigem Haar, einem gestutzten Bart und hervorquellenden Augen, die im Licht des Lagerfeuers seltsam glänzten. Der Unbekannte trug abgewetzte Kleider, und auf seinen Schultern ruhte das Fell einer Ziege, aus deren Stirn ein einziges Horn hervorstach. Das Antlitz des Burschen war mit Ruß und geronnenem Blut beschmiert. Nur seine schönen Hände mit den langen, wohlgeformten Fingern hatten etwas Anziehendes, Mitleiderregendes. Huna Ilai und Hinz Bartsch gingen in die Knie und ließen sich neben dem Lagerfeuer nieder. Niemand schenkte ihnen Beachtung.

Kumpanen, genügt es euch nicht, was ihr von mir gehört habt, fuhr der junge, in das Fell gehüllte Mann fort, als plötzlich Schreie aus der Schar der Erschöpften stiegen: Schweig! Halt dein Maul! Tod dem Ketzer!

Andere Stimmen kamen auf, stiller, doch nicht weniger energisch, und brachten die Gegner zum Schweigen: Sprich! Wir hören! Laßt ihn sagen, was er zu sagen hat!

Reicht es euch nicht, was ich euch kundgetan habe, meine lieben Freunde, grölte der junge Bursche, der seine schönen Hände zu einer Geste seltsamen Flehens ausbreitete, mit lauterer Stimme weiter: Ihr habt gewiß von der wundersamen Insel Patmos gehört, wo der Engel Johannes die furchtbare geheime Offenbarung vortrug, die der Heilige Wort für Wort aufs genaueste niederschrieb. Ihr sollt wissen, Freunde, daß der Engel nicht nur Johannes heimsuchte. Einem jeden einzelnen der Evangelisten hat er das Evangelium diktiert. Aber weh uns, ihr Menschen! Weh unseren Seelen, unserem verrotteten Fleisch! Denn in Wahrheit war dies kein Engel, sondern ein Unhold, ein Bösewicht, der sich in teuflischer List in einen Engel verkleidet hatte. Die ganze Zeit über schauten die Scharen der Engel tief betrübt aus dem Himmel zu und fragten sich: Werden die Evangelisten die Lügen für Wahrheit halten?

Denn wie sah jener Mann aus, der Johannes auf der Insel erschien? Seine Augen waren wie eine Feuerflamme, und aus seinem Mund ging ein scharfes, zweischneidiges Schwert ... Sieht so etwa ein Engel aus, Freunde? Und was sagte er? Ich war tot, sagte er, und siehe, ich bin lebendig von Ewigkeit zu Ewigkeit und habe die Schlüssel der Hölle und des Todes. Ich habe die Schlüssel der Hölle und des Todes! Das waren seine Worte, werte Freunde ... Ihr habt doch Bilder von Johannes gesehen, mit einem Adler zu seinen Füßen und in der Hand einen Becher mit einer Schlange. Wer ist diese Schlange, Freunde? Sie ist das Symbol des Trunkes, den Aristodemus vergiftete, der Priester der Diana aus Ephesus, der dreist zu dem Apostel war und zu ihm sprach: Trink das Gift und zeige uns, daß du wahrhaftig der Gesandte Gottes bist. Was denn? Hat Johannes den giftigen Trunk des unheilvollen Priesters etwa nicht getrunken? Natürlich hat er ihn getrunken, Freunde, er trank, fiel zu Boden und starb.

Ein Mann, dessen linke Hand abgehackt war und der ein gewaltiges Eisenkreuz in seiner Rechten hielt, sprang auf, fiel mit einem furchterregenden Schrei über den jungen Mann her und hieb mit seinem Kreuz auf ihn ein. Sogleich stieß auch der junge Mann einen spitzen, lauten Schrei aus, fiel auf alle Viere und machte sich kriechend wie ein getretener Hund davon. Während er bang zurückschaute, entwich er aus dem Schein des Lichts und verschwand in der Dunkelheit.

In der Frühe verließen sie das Lager, über dem der Geruch des Todes hing. Nun, sagte Bartsch, auf Zur Goldenen Quelle! Wenn wir dort ankommen, werden wir uns eine Zeitlang in der Nähe des Tores versteckt halten, um zu sehen, wer kommt und geht. Weiter fügte Hinz Bartsch hinzu, daß er Huna Ilai nur um eines bitte: daß er von dem Moment an, an dem sie ihren Fuß über die Schwelle des großen Wirtshauses gesetzt hätten, keinen Schritt von ihm weiche. Wieder wunderte sich Huna Ilai über Bartschs Argwohn, doch er versprach, ihm seinen Wunsch zu erfüllen.

Bei dieser nächtlichen Reise ritt Huna Ilai noch einmal hinter Hinz Bartsch, wie dazumal, in jenen furchtbaren Nächten, als sie Mohn den Rücken kehrten. Sie kamen vom Weg ab, durchkreuzten einen Hain, setzten über einen niedrigen Bach, der von Schmelzwasser gespeist war, und zogen an verschlafenen Dörfern vorüber zum Dickicht des Waldes, an dessen Rand die Herberge Zur Goldenen Quelle stand.

Kurz nach Mitternacht flackerten vor ihnen die Lichter in den Fenstern der Herberge auf, die von hohen Bäumen umsäumt war. Eine breite Laterne mit kupfernem Rahmen, auf die eine Quelle gemalt war, die aus einem güldenen Glockenturm sprudelte, wiegte sich in der sanften Brise über dem Tor.

Bartsch schlug Huna Ilai vor, sich schlafen zu legen. Er selbst würde ein Auge auf das Geschehen werfen. Huna Ilai, der Bartsch ein weiteres Mal zeigen wollte, daß er keine Falle fürchtete, stieg von seinem Pferd und legte sich unter seine schwere Decke. Zunächst kämpfte er gegen den Schlaf an, doch die Müdigkeit überwand ihn und bald fielen ihm die Augen zu.

Bartsch weckte ihn, als die Sonne längst hoch am Himmel stand. Von den Bäumen, unter denen sie rasteten, fielen zarte, leichte Flocken, Schneeflocken ähnlich, obgleich ihr Weiß ein wenig schmutzig war. Der Boden war über und über mit Flocken übersät, aus deren Spitzen haarige Büschel ragten. Sie sahen wie zarte Wollflöckchen aus. Huna Ilai betrachtete den wiegenden Flug der Flocken, und auch Bartsch schaute auf die Blüten und lachte: Wie vom Himmel!

Er gestand Huna Ilai, daß sein Mißtrauen grundlos war. Er führte sein Pferd zum Tor der Herberge, und Huna Ilai folgte ihm auf den Fuß. Als er das Bild mit der goldenen Quelle sah, so schön und rein, den Glockenturm, aus dem klare Wogen von Wasser sprudelten, weit hinten am Horizont einen pechschwarzen Burgfried und darübe die Spitze einer Lanze, da fielen Huna Ilai die Worte ein, die der Ritter vom Goldenen Vlies, der Herr Olivier Nogaret de Dignemont, zum Besten gegeben hatte, als er im Quartier des Raubritters zu Gast war: Es gibt zwei Städte, werter Herr, Jerusalem und Babel, und jeder Mensch muß zwischen ihnen wählen. Olivier Nogaret de Dignemont, der sorgfältig und kokett die Falten seines schönen Rockes zu glätten pflegte, ein wahrer Herr, auf dessen Schild von Meisterhand der Baum des Lebens umrissen war, jener eindrucksvolle und ach so geheimnisvolle Ritter vom Goldenen Vlies, sollte ausgerechnet er es sein, der vom Lob Jerusalems und der Schlechtigkeit Babels kündete? Hatte er das Recht, der Retter der Armen und Elenden zu sein, nur weil er gegen die ketzerischen Türken gekämpft hatte?

Hagel weigerte sich aus unerfindlichem Grund, in den

Stall der Herberge zu treten. Hinz Bartschs Argwohn erwachte aufs neue, doch der große Garten und der Stall lagen still und verschlafen da. Die Sonne erhellte das Land mit ihrem grenzenlosen Glanz, und das Tal, das sich von Horizont zu Horizont erstreckte, schimmerte in der reinen, klaren Luft. Kastanienbäume wuchsen im Hof, die Stämme stark und schön, das Blattwerk behaglich entfaltet, frei und durchdrungen von Licht und Luft.

Vergeblich fragte Huna Ilai die Dienerschaft der Herberge nach den erwarteten Gästen und beschrieb ausladend deren Aussehen und Kleidung. Umsonst wartete er eine ganze Nacht lang in dem großen Schankraum auf sie, in dem Kerzen entzündet wurden. Bis zum Morgen des nächsten Tages erreichte keine Menschenseele das Quartier. Bis auf eine Händlergruppe aus Erfurt, die Eimer mit Farbe in der Schattierung des Himmels mit sich trugen, die im Volke sehr beliebt war.

Die beiden saßen noch kurz vor dem Tor in den Sätteln, doch niemand kam. So verloren sie die Geduld und machten sich im Galopp auf den Weg.

Nun gut, sagte Huna Ilai, der es genoß, an einem Sonnentag mit Hinz Bartsch auszureiten. Was meinst du? Wird die Klinge deines Schwertes zu klingen beginnen, bevor wir das Kloster erreichen?

Hinz Bartschs Antlitz verfinsterte sich wie stets, wenn Huna Ilai ihn auf gewisse Wunder oder seltsame Begebenheiten ansprach, die Hinz zu Ohren gekommen waren. Hinz Bartsch schien in Huna Ilais Augen allerlei Wundergeschichten zu glauben, wobei Huna Ilai von sich selbst dachte, skeptisch zu sein und allzeit zwischen Wahrheit und Lüge unterscheiden zu können. Tatsächlich glaubte Hinz daran, was sein Großvater seinem Vater und sein Vater ihm selbst erzählt hatte; dazu gehörte auch, daß er an den Segen oder Fluch glaubte, mit dem man von anderen Menschen bedacht werden konnte; aber niemals hätte er den Geschichten über Alexander den Großen Glauben geschenkt. Anders Huna Ilai, dessen Lieblingsbuch die Erzählungen über eben diesen Alexander war. Ebenso die Geschichte über jenes Land, in dem der große König Bäume sah, die aus der Erde wuchsen, sobald die Sonne aufging, bis zum Mittag Früchte trugen und dann zu wachsen aufhörten und wieder in der Erde verschwanden, sobald die Sonne unterging. Auf ihnen saßen Vögel mit wohlklingenden Stimmen. Wenn die Soldaten sie zu fangen versuchten, breiteten sie ihre Flügel aus, aus denen Flammen loderten, die einen jeden verbrannten, der dort weilte.

Weshalb sollte die Klinge klingen, antwortete Hinz Bartsch, wenn du selbst es bist, der an dem Mönch Rache üben will? Spotte nicht über das Singen der Klinge. Mein Schwert sang in den Händen meines Großvaters, als er sich daranmachte, vier Köpfe an einem Tag abzuhacken. Ich selbst habe sein Singen zwar noch nicht gehört. Auch mein Vater nicht. Doch mein Großvater berichtete meinem Vater von der Nacht, in der er es so deutlich vernommen hatte, wie ich nun deine Stimme höre.

Es ist nichts als ein Märchen, das einfältiges Volk sich in langen Winternächten erzählt, sagte Huna Ilai.

Mein Großvater hat die Klinge auf dem Weg nach Frankfurt gehört, vor dem Morgengrauen. Er berichtete, ihre Stimme sei der einer Drossel ähnlich. Als du mein Lehrling warst, lehrte ich dich, die Rinde des Baumes abzuschälen, bevor man einen Galgen aus ihm baut, damit der Geist des Verurteilten sich nicht in den Baum schleichen und unter der Rinde verbergen kann, um den Tod zu rächen; ich habe dir beigebracht, daß man ein Schwert zwischen abgehacktem Kopf und Rumpf durchziehen soll, um sicher zu gehen, daß die Seele aus dem Körper entfleucht; und ich habe dir gesagt, daß es Städte gibt, deren Gesetze dem Henker vorschreiben, zur Sicherheit ein Rad zwischen Kopf und Rumpf kreisen zu lassen. Der Tod ist schrecklich und auch von Gefahr für die, die dabeistehen und Maulaffen feilhalten. Bei allem, was mit dem Tod zusammenhängt, heißt es achtzugeben.

Eine kleine, graue Windmühle erschien am Horizont, ihre Flügel bewegten sich mit niedrigerer Geschwindigkeit, wenn sie sich der Erde näherten; sobald sie in der Mitte des Kreises, den sie beschrieben, eine unsichtbare Linie kreuzten, wurde ihre Bewegung sogleich schneller. Ein Vogelschwarm flog neben der Mühle auf, als wären die Vögel über jeden Flügelschlag aufs neue überrascht.

Und was geschieht im Kampf zwischen Heeren, bei der Belagerung einer Stadt oder beim Massakrieren der Bewohner eines kleinen Stadtviertels? Dort achtet man diese Regel nicht besonders, sagte Huna Ilai.

Das sind törichte, leere Worte, antwortete Hinz Bartsch finster, Worte von Ketzern. Mit dem Tod spaßt man nicht, Huna Ilai.

Zwischen den Mauern meiner Heimatstadt war ich wie ein Tier, das in eine Falle geraten war. Die Mauern meiner Stadt standen gegen mich und hielten mich gefangen. Ich werde es fortan keiner Mauer mehr gestatten, mich aufzuhalten. So sprach Huna Ilai, als sie an einem lauen Frühlingstag des Wegs ritten und ein kühler, willkommener Wind in ihre Rücken blies. Doch als die Nacht hereinbrach, als die Wolken für eine Weile auseinanderrissen und sich der Sternenhimmel jäh über den beiden wölbte, spürte Huna Ilai, daß er nach oben gesogen wurde, zum Firmament, zu den hohen Sternen. Er ritt eng bei Hinz Bartsch, bis das Pferd des Henkers seitlich auswich.

Hinz ritt langsam, während er beharrlich, ohne einen Ton zu sagen, nach vorne schaute.

Huna Ilai ließ seinen heißen Tränen freien Lauf, und sie flossen über seine Wangen in seine Mundwinkel. Er dachte an Gerlinda, wie sie stets ein Lied auf den Lippen hatte und sich in kleinen, anmutigen Schritten im Tanze drehte.

Eines Tages werde auch ich den Geschmack der Freiheit kosten, sagte er.

Ich weiß nicht, von welcher Freiheit du sprichst, antwortete Hinz.

Von der Freiheit der Seele.

Hinz Bartsch schüttelte den Kopf.

Alles ist eine Falle, sagte Huna Ilai, nur ein Hinterhalt für die Seele: Meine Kindheit in der Stadt Mohn, die Feuersbrunst und die Ermordung meiner Eltern, unser Weg nach Norden, unsere Jahre in der Trutz. Die Zeit befreit die Seele aus den Fallen und löst die Knoten der Schnüre.

Hinz Bartsch hielt sein Pferd an. Huna Ilai, sagte er, wenn alles eine Falle ist, warum reitest du dann zum St. Blasius-Kloster? Warum denkst du Tag und Nacht an Rache? Nein, nein, Huna Ilai, es ergibt keinen Sinn, daß du so sprichst, als wärst du eine Seele von Mensch und ein Heiliger. Du bist nichts als einer der Räuber des Ritters.

Huna Ilai richtete sich in seinem Sattel auf. Vielleicht hast du recht, mein Vater, sagte er schließlich und küßte Hinz Bartsch den Ärmel des Mantels.

12 Der Name des Landsitzes des Grafen Eberhard war in allen Ländern Deutschlands bekannt für den wundersamen Stundenstein, den der große Kaiser Konstantin von seinen Kriegszügen mitgebracht und den ein anderer großer Kaiser der Familie Eberhard für ihre treuen Dienste geschenkt hatte. Der Stein war mit den Tierkreiszeichen bemalt, die man jedoch nicht anschauen durfte. Denn wer seine Augen zu ihnen erhob, wurde getroffen und vom selben Moment an vom Pech verfolgt. Es gab aber auch Leute, die behaupteten, nicht die Tierkreiszeichen brächten Unglück, sondern die rätselhaften Lettern in der Ecke des Stundensteins, die auf Erden keiner entziffern konnte. Dem Fluch zum Trotz kamen Menschen von nah und fern, um die geheimnisvolle Sonnenuhr zu betrachten.

Als sie die kleine Zugbrücke über dem Graben passierten und durch das Tor des riesigen Landguts ritten, erfuhr Huna Ilai sogleich, daß Gerlinda, der Arzt und der Raubritter bereits dort weilten. Es war jedoch schwer, sie in der Menge auszumachen, welche die zahlreichen Gebäude, Gärten und Gänge des Schlosses erfüllte. Nachdem sie sich vom Schmutz des Weges befreit hatten, streiften beide saubere Kleider über, die so gänzlich anders waren, als die, die sie im Wald trugen. Dann begaben sie sich in den großen Saal, der mit allerlei Blumen und langen Silber- und Goldbändern geschmückt war und wo die Geschenke präsentiert wurden, die das junge Paar erhalten hatte. Da vergaß Huna Ilai all den Neid, den die Herrlichkeit des Ritters vom Goldenen Vlies in ihm erweckt hatte.

Mit vor Staunen aufgerissenen Augen, mit vor Erregung stockendem Atem stierte er auf das Geschenk der Familie Torrigianni, das auf einem runden Tisch in der Mitte des Saals zur Schau gestellt war: Eine riesige Kiste, darauf ihr aus Kirschholz gearbeiteter Deckel, auf dem die Gestalten des Paares prangten, das aufs ansehnlichste wiedergegeben war. Zu Füßen des Bräutigams war ein blutrünstiger Hund zu sehen, der seine langen Zähne fletschte. Und zu Füßen der Braut ein Hündchen mit weißem Fell, das ebenfalls zornig schien.

Wie schön das Paar war, von kleinen Engeln mit durchsichtigen Flügeln umschwirrt, und wie verwunderlich es war, an der Seite der Kiste ein Einhorn mit einer Löwenmähne zu sehen sowie nackte Götter, die lauschig inmitten wolliger Wolken ruhten. Deren Mienen waren freundlich und edel, als sei dies der selbstverständlichste Ruheplatz für sie.

Die Familie des Grafen dagegen hatte dem Paar einen großen Kelch geschenkt, auf dessen Deckel der heilige Georg zu sehen war, wie er den Drachen tötete. Dieser war mit Perlmutter und Bergkristall eingelegt, und sein Blut floß als rote Koralle aus seiner Brust. Links davon waren die beiden Kundschafter abgebildet, die eine Rebe mit einer Weintraube aus Perlen, geschliffenem Bernstein und Smaragd trugen; der Becher selbst bestand aus irgendeinem Material in einer blaßblauen Farbe. Sie schien nicht von Menschenhand zu stammen, sondern war wie die Schattierung einer zarten, zerbrechlichen Schale eines Vogeleis.

Just in dem Augenblick, als Huna Ilai seine staunenden Augen an diesen Kostbarkeiten labte, sah er Gerlinda in einem solch schönen Gewand, daß sein Blick ihr nicht standhielt. Gerlinda tänzelte in der ihr eigenen Gangart auf ihn zu, so anmutig, daß Huna Ilai die Finger seiner Hand zur

Faust ballen mußte, um Gerlinda nicht zu berühren, ihren Kopf nicht an sich zu ziehen, nicht nach ihrem Haar zu fassen, um es etwa zu küssen. Im selben Augenblick sah er auch den Arzt. Huna Ilai senkte den Blick zu dem prächtigen Becher, dem Geschenk der Familie des Grafen, und der Doktor Celte sagte, seine zarten Lippen zu einem Lächeln formend: Ich sehe, daß dir dieser Becher gefällt. Die Liebe läßt dem Liebenden Flügel wachsen, wie die Worte des Weisen lauten.

Huna Ilai schielte heimlich nach Gerlinda und erzählte dem Doktor Celte, daß er eine ganze Nacht lang in tiefer Sorge im Wirtshaus Zur Goldenen Quelle auf ihn gewartet hatte. Der Arzt dankte ihm mit knappen, höflichen Worten. Eine zufällige Begegnung unterwegs habe ihn seine Pläne ändern lassen, daß er sich seinen Bekannten angeschlossen und in deren Begleitung zum Landsitz des Grafen gereist sei.

Während er Gerlinda heimlich ansah, die in ihrem schönen Kleid strahlte, fiel Huna Ilais Blick auch auf den Herrn von Wittmar und den erlauchten Italiener, Pandolfo de Torrigianni. Der prächtige Saal war von einer Menschenmenge erfüllt. Alle Anwesenden trugen kostbare Gewänder. Es gab Mädchen dort, in deren Haar Feldblumen geflochten waren; viele Jungfern, die Blumensträuße und lange Seidenbänder trugen; und Edelfräulein in Festkleidern, in denen sie wie verkleidet aussahen. Und da war eine große Schar von Soldaten, die mit ihren bunten Uniformen und Rüstungen, in denen ihre Beine steckten, Bewunderung erregten, sowie Bauern in ihren Sonntagskleidern. Draußen, durch die geöffneten Fenster, erklangen Trompeten und Trommelwirbel.

Zum ersten Mal in seinem Leben sah Huna Ilai die Kleidung und den Schmuck der Frauen von Adel. Nicht nur, daß die Edeldamen prächtige Kleider trugen, sondern es waren gar welche darunter, auf deren Köpfen – nach einer neuen französischen Mode – Spitzhüte prangten, die in ihrer Höhe und Form ganz und gar erstaunlich waren. Aus den Spitzen der Kegel fielen dünne, leichte Schals, mit Gold- oder Silberfäden durchwirkt, aus buntem, durchsichtigem Musselin. Fast alle Damen hatten Augenbrauen, die wie mit Kohle gemalt waren. Gewiß hatten sie ihre Brauen rasiert, damit sie diese schöne Linie malen konnten, dachte Huna Ilai verblüfft. Viele Damen trugen gestickte Handschuhe mit Öffnungen, durch die ihr glänzendes Geschmeide funkelte. Auf die Säume ihrer Samtroben waren Glöckchen genäht, die hell bimmelten. Auch die Kugeln in ihren Händen, an denen hübsche Bänder hingen und die mit Duftwasser getränkte Schwämme enthielten, waren Huna Ilai vertraut, da Gerlinda zwei davon besaß und auch die Frauen seiner Heimatstadt sie zu tragen pflegten. Aber hier waren sie von anderer Form und sahen wie wohlgeformte Weihrauchfässer aus. Huna Ilai prüfte Gerlindas Brauen und war zufrieden, daß sie sie nicht entfernt hatte und auch keinen Spitzhut trug.

Ein seltsames Geflüster durchlief den Saal, ein erwartungsvolles Raunen der Neugier. Ein Vorhang ward von unsichtbarer Hand aufgerollt. Musikanten und Sänger in golddurchwirktem Weiß, die wie versteinert auf einer kleinen Bühne standen, offenbarten sich dem Auge. Kaum war das Rascheln des Vorhangs verklungen, hoben sie an mit solch zärtlicher Musik und Gesang, daß Huna Ilai seine Schüchternheit überwand und den Doktor Celte fragte, wovon der Sänger und die Sängerin mit den sanften Stimmen sangen, während sie von Schlaginstrumenten, Flöten, Oboen und einem Klavichord begleitet wurden, das wunderschön in seinen Verzierungen klang. Darauf antwortete ihm Doktor Celte, daß der Name dieser Ballata »Ecco la primavera« sei. Ein namhafter blinder Mann namens Landini, der vor langer Zeit verstorben sei, habe sie verfaßt.

Später gesellte sich ein weiterer Sänger dazu. Zu dritt sangen sie etwas noch Schöneres. Es war so kunstvoll und erregend, daß sich der Flaum an Huna Ilais Armen aufrichtete. Für den Bruchteil eines Augenblicks griff er heimlich Gerlindas Hand, denn plötzlich durchzuckte ihn die Erinnerung an das Wiegenlied, das seine Mutter ihm vorzusingen pflegte.

Wieder fragte Huna Ilai den Arzt, was das kunstvolle und gar so schöne Lied bedeute. Der Arzt antwortete gemächlich, daß der Komponist dieser in der Tat jedes Lobes würdigen Musik Oswald von Wolkenstein, der Komponist des Kaisers, gewesen sei. Das Schöne, nach dem Huna Ilai frage, rühre von der kunstvollen Verflechtung der drei Stimmen her, die Herr von Wolkenstein geschmackvoll zu verbinden verstand.

Wegen des pfauenhaften Stimmengeflechts war es schwer, die Worte des Liedes zu verstehen. Huna Ilai meinte, Satzfetzen zu hören: Die Brunnen der großen Tiefe werden aufbrechen ... Die Geister der Toten in der Hölle ... Heiden und Völker werden sich schrecken ... Wirst du dein Leben wagen? Willst du dein Leben erretten? ... Von einem Ende der Erde bis ans andere ...

Er verwarf diese Worte, wie man eine lästige Wespe verscheucht. Aber mehr als alles andere erregte ihn die Luft, die von der Musik und dem Gesang flirrte. Schier erhaben und lebendig schien sie zwischen den Menschen zu sein, die den Saal erfüllten.

Wie ein Trunksüchtiger sog Huna Ilai die prachtvolle Zeremonie in sich auf, die in der Langsamkeit eines Traumes vor ihm ablief. Als die Tänze eröffnet wurden, sah er, wie Gerlinda, die mit ihrer Schönheit mehr und mehr entzückte, mit den Rittern aus Deutschland und Italien in anmutigen Bewegungen tanzte, leicht und abgerundet, die gewiß auch das Wohlgefallen des Herrn de Dignemont gefunden hätten, dachte er.

Er sah Hinz Bartsch, der sich dem Nebensaal zuwandte, um zu tafeln und mit den Würfeln zu spielen. Er bemerkte Ul, der sich mit kleinen, hastigen Schritten vorwärtsbewegte. Und am Fenster bemerkte er schließlich den Herrn von Wittmar, der mit einem finsteren Mann Geheimes erörterte. Dessen Gesicht war von einer großen Narbe halbiert. Als ob einst ein Schwerthieb darauf gezielt habe, seine Nase abzuhacken, der Klingenschwinger es sich aber im letzten Augenblick anders überlegt oder gefehlt hatte.

Huna Ilai wußte nicht, wie lange er so wie angewurzelt dastand, als er den langen Ul durchs Fenster sah, wie er ihm mit einer Handbewegung bedeutete, sich ihm anzuschließen. Als Huna Ilai zum Garten hinaustrat und auf Ul zuging, sah er, daß die Miene des kleinen Mannes von ausgelassener Heiterkeit war. Und wahrhaftig sagte Ul mit seiner dünnen Stimme (die jetzt noch dünner klang), daß man ihnen das Versprechen gegeben habe, ihnen geheimen Zugang zum Kloster St. Blasius zu gewähren. Also ersuchte er Huna Ilai, sich ihm und dem Herrn von Wittmar auf einem nächtlichen Ritt zum Kloster anzuschließen.

Bald wird sich der Herr aus dem Tanzsaal schleichen und verstecken, bis die Nacht hereinbricht, sagte Ul. Inzwischen werden in seiner Stube ein paar Getreue bei der Öllampe sitzen, Zechlieder singen und bis zum Morgengrauen einen Höllenlärm machen.

Und Bruder Bernold? fragte Huna Ilai tonlos. Ist er dort?

Ja ja, gewiß doch, er ist dort! antwortete Ul.

Wer weiß, welchen Verlauf die Dinge genommen hätten, wenn da nicht Huna Ilais starkes Begehren gewesen wäre, eilends in den prächtigen Tanzsaal zurückzukehren, um zu sehen, wie Gerlinda mit den Edelleuten tanzte? Wohl möglich, daß er den langen Ul eingehend über jenen mysteriösen, sicheren Eingang befragt hätte; und es bleibt ungewiß, ob ihm vielleicht der Verdacht des Hinz Bartsch in den Sinn gekommen wäre. Doch er hastete zurück, um durch das Fenster Gerlinda in den Armen der trefflich herausgeputzten Herren zu sehen.

Huna Ilai hob seine Augen zum Fensterbogen, wo zuvor der Raubritter und jener Mann mit dem vernarbten Gesicht gestanden hatten. An ihrem Platz plauderten nun zwei Damen mit roten Fächern in den Händen.

Plötzlich blies der Wind stürmisch gegen Huna Ilais Rücken und fuhr durchs Laub. Huna Ilai setzte seinen Weg entlang der Mauer fort, in deren Höhe Fenster waren, die ihn in ihrer Größe überraschten. An der Ecke des Gebäudes, an der Brüstung eines offenen Balkons, erblicke er plötzlich einen kleinen Käfig, in dem Cauda, das zahme Eichkätzchen seiner Liebsten, auf und nieder hüpfte. Cauda näherte sein winziges Schnäuzchen den Holzgittern des Käfigs, und Huna Ilai streichelte mit sanften Bewegungen den Kopf des Tieres.

Kindliche Wärme strömte für einen Augenblick durch Huna Ilais Adern. Er flüsterte dem Eichkätzchen hohe Worte zu, wie sie sein Vater, Friede seiner Seele, hin und wieder zum Scherz an ihn zu richten pflegte: Seit meine Seele hängt an der Seele deiner Herrin, der Tochter des Arztes, seit dem Tag, an dem mein Herz mit ihrem Herzen in Seilen der Liebe geht, gab ich ihr das meine, auf daß sie wissen soll, daß ich unsterblich bin und mein Tag niemals kommen wird, solange sie mein ist, und ich ihr ...

In einem anderen düsteren Saal sah Huna Ilai Hinz Bartsch beim Würfelspiel. Ul trat mit energischem Schritt zu der Runde. Hinz Bartsch spürte den Blick seines Lehrlings und hob fragend die Augen. Huna Ilai winkte ihm mit der Hand. Bevor die Sonne unterging, mußten sie das Landgut des Grafen verlassen, sagte er sich. Als er zum Stall ging, sah er dort Menschen, die neben einem niedrigen Steinzaun zusammengerückt waren. Die famose Uhr! dachte Huna Ilai.

Wahrhaftig war es die Sonnenuhr, die mit einem Kreis von lila Sträuchern umsäumt war. Huna Ilai stieg die Stufen hinauf, die zwischen den Sträuchern aus dem Fels gehauen waren, und sah den Pflock, der in der Mitte des Steins in finsterem Blau glänzte. Der Stein war pechschwarz und wie Wasser so glatt. Aus feinem Gold waren die Stunden, die römischen Ziffern und die Sternkreiszeichen darauf umrissen. Nur in der linken Ecke schimmerte der Stein nicht, sondern war rauh und durchlöchert und mit Buchstaben übersät, wie mit Hammer und Meißel hineingeritzt. Etwas Trauriges, Unheilverheißendes ging von der Schrift aus, falls dies überhaupt eine menschliche Schrift war und nicht vielmehr nur Spuren, die der Wind oder das Wasser oder die Krallen von Raubvögeln hinterlassen hatten. Huna Ilai zog sich hastig zurück. Seine Angst vor dem Verderben der Buchstaben war so jäh, daß er auf den niedrigen Stufen ausglitt.

Auf dem Heuboden im Stall saß der Raubritter Udo von Wittmar, las einen großen Bogen und notierte Anmerkungen an seine Ränder. Als er Huna Ilai erkannte, lud er ihn mit einer Geste ein, und Huna Ilai kletterte auf der schiefen Leiter nach oben. Herr von Wittmar fragte ihn, was ihm und Hinz in den letzten Tagen geschehen war. Kaum daß Huna Ilai schwieg, nickte der Raubritter zum Zeichen des Wohlwollens mit dem Kopf. Dann fragte er Huna Ilai, ob er in der letzten Nacht hinreichend geschlafen habe und ob er hungrig sei.

Er sagte: Drei Reitstunden von hier zum Kloster des heiligen Blasius liegt ein kleiner See – im Grunde nicht mehr als eine Pfütze. Heute Nacht ist Vollmond; ich werde dort nächtigen, am Ufer des Tümpels, und auch du wirst ein wenig Ruhe finden, wenn dich das Mondlicht nicht daran hindert. Gegen Morgen werden wir das Kloster erreichen.

Huna Ilai stellte seinen Fuß schon auf die erste Stufe der Leiter, als der Raubritter einen kurzen, heiteren Ruf ausstieß, die Hand in seinen prächtigen Rock steckte und mit einer forschen Handbewegung eine Goldmünze in seine Richtung warf, so groß, daß Huna Ilai einen dumpfen Schmerz verspürte, als sie auf seiner ausgebreiteten Handfläche landete.

Die Erregung beim Anblick Gerlindas, wie sie in der Menge der Edlen tanzte, und das unerwartete Geschenk des Raubritters erschütterten Huna Ilais Gemüt. Obgleich er ganz und gar nicht müde war, fühlte er sich übernächtigt. Und obwohl er alles Nötige rasch und getreulich verrichtete, schien ihm die Welt wie in einen Traum gehüllt, der der Welt die Schwere nahm.

Bevor er das Landgut verließ, suchte er erneut die Hütte auf, in der Gerlinda bleiben und auf seine Rückkehr warten sollte, während ihr Vater noch in dem Kloster weilte. Huna Ilai schritt durch die Reihen der Birnbäume, die in ihrer vollen rosa Blüte standen. Ein Heer von Schmetterlingen schwebte in der Luft des Gartens, Vögel hüpften zwischen den Ästen der Bäume, und ab und zu kamen in schnellem Lauf ein Häschen oder eine Feldmaus vorüber. Der große Garten war menschenleer; alle waren zu der prachtvollen Hochzeitsfeier versammelt. Die Hütte, deren Fundament aus schwarzem Stein bestand und deren Dach mit hölzernen Bohlen gedeckt war, war verriegelt. Die Wege ringsumher waren überwuchert von hohem Gras. Ein Kohlacker reckte sich zwischen Hütte und Obstgarten.

In der Abenddämmerung pochte Huna Ilai an Gerlindas Tür. Als er sah, daß ihr Vater nicht da war, hielt er Gerlinda eine ganze Weile in seinen Armen, küßte ihren Hals viele Male und lobte die Grazie ihres Tanzes und ihr herrliches Kleid. Dann bat er sie, sich nicht allzu weit von der Hütte zu entfernen und die Mauern des gräflichen Guts nicht zu verlassen, damit er sie nach seiner Rückkehr gleich finden würde. Auch ersuchte er sie, stets ein Bündel mit dem Allernötigsten bereitzuhalten.

Tue nur, worum ich dich gebeten habe, und laß dich zu keiner anderen Tat verleiten, sagte Huna Ilai immer wieder und streichelte ihre von Tränen nassen Wangen.

Und du, mein Geliebter, sei besonnen und gib acht, sagte Gerlinda. Laß dich von keiner Menschenseele täuschen.

Ich fürchte das Böse nicht, erwiderte Huna Ilai.

Er ließ den Finger über den Kopf des Eichkätzchens Cauda gleiten, das ihn mit zarter Skepsis ansah, und ging, um sein Pferd zu tränken und zu satteln.

Auf dem Weg ins Tal bemerkten Huna Ilai und Hinz Bartsch drei Männer, die hoch zu Roß den Pfad vor ihnen hinaufstiegen. Der mittlere Reiter war ein alter Jude, der wie ein Kaufmann gekleidet war, doch waren seine Kleider zerlumpt und staubig, sein Gesicht war voller Wunden, und seine linke Hand ruhte in einem derben Verband. Bei den beiden Reitern zu seinen Seiten war es schwer auszumachen, wer und was sie waren. Hatten sie ihn gefangengenommen, waren sie seine Entführer oder seine Begleiter? Obwohl sie Waffen in den Händen hielten, sahen sie so erbärmlich aus, als ob man sie mit einem einzigen Schwerthieb aus den Satteln heben konnte.

Obgleich die drei Reiter lächerlich wirkten, spürte Huna

Ilai brennende Tränen, die sich in seinen Augen sammelten, und er fragte sich hastig, was zu tun sei. Jählings brachte er sein Pferd vor dem Alten zum Stehen. Ohne zu wissen, was das für Worte waren, die da über seine Lippen kamen, hörte er sich sagen: *Schalom alecha*, mein Rabbiner und Lehrer.

Die erloschenen, geschwollenen Augen des Alten weiteten sich beim Anblick des bewaffneten jungen Mannes, der aufrecht in der Gesellschaft von Männern ritt, die zweifelsohne Gesetzesbrecher waren, und beim Klang der hebräischen Worte kam ein ersticktes Seufzen von seinen wunden Lippen.

Huna Ilai meinte zu wissen, daß der Alte keinerlei Zweifel hegte, diese Worte allein im Innern seiner Seele vernommen zu haben. Nach einer Weile wandte Huna Ilai den Kopf zurück, um nach dem alten Juden und seinen beiden Begleitern zu sehen, die allmählich am Hang verschwanden. In eben jenem Augenblick drehte auch der Alte mit großer Mühsal den Kopf und hob dann die Augen gen Himmel, an dem nichts weiter als ein paar rosa Wolken des Sonnenuntergangs zu sehen waren.

Ein Gerechter fällt siebenmal und steht wieder auf, sagte sich Huna Ilai.

Da stand er auch schon am Rand einer Klippe, zu deren Fuß in einem kleinen Tal das Kloster St. Blasius lag. Die rasch sinkende Sonne färbte nun nicht mehr einzelne Wolken, vielmehr ergossen sich aus ihrem Innern Ströme von Blut, die sich in den Weiten des Tals wie Schlangen zu winden schienen; Blutseen sammelten sich am Grund, und Purpurflecken dunkelten auf runden, träumenden Hügeln.

Der Anblick erfüllte Huna Ilai mit Grauen. Hinz Bartsch, der Huna Ilais Blick gewahr wurde, meinte, daß die Sonne in den Tagesstunden gerne in diesem Tal verweilte und darum nicht geneigt war, es zu verlassen und unterzugehen.

Nur darum wirkte sie so bedrohllich. Aber Huna Ilai konnte sich von der plötzlichen Umklammerung des Entsetzens nicht befreien; während er versuchte, sein Gemüt mit munterem Pfeifen, das er von den Jünglingen der Trutz gelernt hatte, zu erheitern, hörte er mit Erschütterung eine leise, erstickte Stimme, die hartnäckig etwas flüsterte, das ihn erschaudern ließ.

Erst als die Dunkelheit der Nacht hereinbrach, wurde Huna Ilai ruhiger. Ein Wind kam auf, und von Weitem ertönte der Schall der läutenden Glocken. Das Wasser glänzte im Mondenschein, die Wipfel der hohen Bäume bewegten sich im schwellenden Wind, das Schilf raunte geheimnisvoll.

Als sie bei dem kleinen See von den Pferden stiegen, machten die Männer sich daran, ein Lagerfeuer zu entfachen, Wasser zum Kochen zu bringen und etwas Fleisch zu rösten, während Huna Ilai ein wenig am Ufer auf und ab lief, bis er zu einer Stelle gelangte, an der ein dünner Streifen feuchter Erde zwischen den Schilfrohren ins Wasser ragte. Das Wasser leckte die Erdzunge mit leisem Kräuseln, und der ebene Fleck Erde, der die Größe einer Bettstatt hatte, lud zum Liegen ein.

Huna Ilai konnte der Versuchung nicht widerstehen und streckte sich am Ufer des Gewässers aus, stopfte seinen Rucksack unter sein Haupt und breitete seine Hände in den sanften Sand. Im Schein des Vollmonds sahen die Schatten der Sträucher durchsichtig, ja unwirklich aus – friedfertige Schatten ohne Erwartung, die weder auf eine Menschenseele noch auf Insekten lauerten. Etwas Leichtes, Flinkes huschte in der Ferne übers Wasser. Die kleinen Wellen trugen Reiser und weiße Federn ans Ufer, ferne Lichter flackerten jenseits des kleinen Sees, und das Glitzern der Wasseroberfläche wurde stärker. Wieder war das Läuten der fernen

Glocken zu hören, ein hohes, kindliches Geläut. So lag er, bis er den stürmischen Widerhall von Pferdehufen vernahm: Der Raubritter traf ein.

Huna Ilai stand auf und ging zum Lagerfeuer. Er wollte die Stimme Udo von Wittmars hören, doch der schlief längst tief und fest nah beim knisternden Feuer. Huna Ilai dachte einen kurzen Augenblick an den blinden Italiener, der »Ecco la primavera« komponiert hatte, dann entschlummerte auch er.

13

Huna Ilai betrachtete die Mauern des Klosters, die unter Nebelschwaden aufrecht und erhaben in die Höhe ragten, und sein Blick fiel auf einen Baum links vom Tor. Es war kein hoher Baum, vielmehr war er niedrig und ausladend. Sein Stamm war dick und von den Wucherungen des Alters gezeichnet, die hier und da durch den milchigen Dunst zu sehen waren.

Während Huna Ilai die dicken Äste des Baumes bewunderte, tauchte über dem Turm der Klosterkirche ein Schwarm schwarzer Vögel auf, die in ihrem berauschten Flug einander beinahe mit den Flügeln berührten. Zweimal umkreiste die Schar den Turm, tauchte in schroffem Sturzflug zu den Mauern hinab, hob in noch steilerer Linie erneut ab, ihre Form wie ein rasender Bienenschwarm stetig ändernd.

Beim dritten Mal stiegen die Vögel in langsamem träumerischem Gleitflug hinab und verschwanden samt und sonders im Wipfel des alten Baumes. Solch ein gewaltiger

Schwarm, der so rasch in solch einem kleinen Baum verschwand? Die Erscheinung traf Huna Ilai wie ein böses Omen.

Ganz allmählich löste sich der Nebel über dem Kloster auf (wiewohl ein Teil der Mauern noch in der milchigen Watte lag), und ein Gemüsegarten mit seinen geraden, wohlgeordneten Beeten zeichnete sich deutlich erkennbar ab.

Sechs Tannen wuchsen auf der Anhöhe, wie Wächter vor einem Lager. Ein Zug von Kutschen bewegte sich auf das Kloster zu. Die Stimmen der Kutscher hallten hinter einem niedrigen Hügel.

Huna Ilai stieg von seinem Pferd und band es an einen kräftigen Busch.

Der Dunst über dem Land verflog nun gänzlich, und das St. Blasius-Kloster erwachte aus seinem nächtlichen Schlaf und ließ das Läuten seiner Glocken und das Ächzen seines hohen Portals hören, das geöffnet wurde, um eine Kutsche hindurchzulassen, die mit mächtigen Fässern beladen an dicke Gäule gespannt war und von zwei laut bellenden Hunden begleitet wurde.

Alle sahen zu dem Turm, von dem das Zeichen gegeben werden sollte. Der schnelle Fluß strömte mit sprudelndem Laut. Sie mußten nur den schmalen Pfad an seinem Ufer zurücklegen, um in wenigen Minuten das Kloster zu betreten.

Huna Ilai sah auf die sanfte Erhebung, auf der das Kloster lag, von Feldern, Gemüsebeeten und Blumen umsäumt und von dunklen, diesigen Wäldern umgeben. An beiden Ufern des Flusses war das Grün der Bäume und der Sträucher kräftiger, das Laub schwerer und glänzender. Hin und wieder wiegten sich Zweige im Wind, wie aus Übermut, ein Ast zitterte einsam an einem schläfrigen Baum. Der Wind spielte mit den jungen Trieben, eine hastige Bö durchlief das Feld wie ein Tier auf der Flucht, dessen Schweif einen Schleier nach sich zog. An der östlichen Seite, wo der Hang steiler war, hinter weiträumigen Hühnerställen, konnte man ein Stück Land sehen, das eingezäunt und vom Kloster abgeschieden war. Ein Baum wuchs schier genau in dessen Mitte. Daneben lagen ein paar niedrige, weiße, gelb gesprenkelte Steine wie von ungeduldiger Hand ausgestreut. Neben diesem Landstück, im Schatten einiger nicht sonderlich hoher Bäume, lag der Friedhof des Klosters, einnehmend und bescheiden. Seine Grabsteine waren einfach und seine Wege, mit kleinen Steinen markiert und sorgfältig gefegt.

Huna Ilai bedauerte zutiefst, daß Gerlinda jetzt nicht bei ihm war. Der träge Gedanke durchfuhr ihn, daß man sein ganzes Leben nur mit der Betrachtung der Kapriolen des Windes in Hainen und Feldern verbringen könne. Er sah den Herrn von Wittmar, der im grauen Licht der Früh unsäglich alt schien; dessen treuen Wächter, der ihn, wenn er die Trutz verließ, in seiner schweren Rüstung immerzu begleitete; Ul, der auf einer Wurzel kaute; die beiden Männer, denen dieser vertraute und die angespannt dort standen und zum Turm stierten; die beiden anderen, die die Pferde festbanden und ihnen Wasser brachten; sowie den Doktor Celte, der nicht wie üblich heiter wirkte, sondern etwas bang und bleich. In der Ferne, auf dem Gipfel des Berges, wachte ein Reiter, der im Fall der Gefahr zur Trutz reiten und einen jeden herbeiholen sollte, der eine Waffe tragen konnte.

Nur Hinz Bartsch musterte den Turm nicht erwartungsvoll, sondern saß mit dem Rücken zum Kloster und schnitt mit seinem Messer Brot und Käse. Huna Ilai lächelte beim Anblick des kindlichen Trotzes. Er kannte Hinz gut genug, um zu wissen, daß dieser ihm gram war, weil er seinen Rat nicht befolgt hatte, doch daß er sich dazu entschieden hatte, seinen Zorn nicht zu zeigen.

Ein Mönch tauchte am Eingang auf, lief rasch das schattige Flußufer entlang und kam auf sie zu. Sein Kopf in der Kapuze wirkte ungewöhnlich lang, sein Gesicht war bleich und blau, und seine tiefe Stimme schien aus einer Höhle zu dringen. Mit ebenso eiligen Schritten folgten ihm Ul und seine Männer, Herr von Wittmar und sein Wächter, Huna Ilai, Hinz Bartsch und der Arzt. Der Fluß krümmte sich nach rechts, und schon standen sie vor einem verrosteten Eisentor. Der Mönch klopfte ein paar Male mit dem Stein dagegen, der an einer Kette hing, und das Tor öffnete sich. Ein lächelnder Mönch von niedrigem Wuchs öffnete und wandte sich an die Eintretenden mit der Bitte, die Waffen in der Nische des Eingangs zu lassen. Da packte ihn sogleich der Wächter des Herrn von Wittmar mit eiserner Umklammerung am Hals und gab ihm zu verstehen, daß er ihm schneller als einer Henne den Hals umdrehen werde, wenn er in Anwesenheit des Ritters nochmals Anzüglichkeiten zu hören bekäme. Der Mönch mit dem langen Kopf tadelte den Kleinen und betrat den Gang, der zum Kloster führte.

Bedächtigen Schrittes kletterten sie einen felsigen Gang hinab, die Luft wurde weniger modrig, das Sonnenlicht schien durch die Ritzen, und sie mußten sich bücken, um ein Gewölbe zu durchschreiten, das zu engen Steinstufen führte, welche den Stiegen eines Turms ähnelten. Dann eröffnete sich ihnen ein größerer Durchgang. Als sie diesen hinter sich gelegt hatten, standen sie wie erschlagen: Ein riesiger Saal umfing sie, bestückt mit Hunderten von Kerzen, die allenthalben brannten und flackerten. Eine Kirche konnte es nicht sein, denn es gab dort weder Altar noch Kanzel, weder Bilder noch Figuren und auch keine bunten Fenster, sondern nur ein paar mächtige Kerzenständer in der Form von

Knaben oder Engeln, die in ihren ausgestreckten Händen riesige Kerzen hielten.

Der hochgeschossene Mönch mit der tiefen Stimme bat sie zu warten, doch als habe er es sich überlegt, wandte er sich nach einer Weile mit der Frage an Ul und Doktor Celte, ob die beiden sich ihm anschließen und mit den werten Herren zurückkehren wollten. Darauf rief Ul sogleich nach einem seiner Männer, und sie verließen die weite Halle, während Doktor Celte hinter ihnen her hastete und mit dem kleinwüchsigen Mönch scherzte.

Herr von Wittmar zog seinen schweren Rock aus und ließ sich auf einer Steinbank nieder, während Huna Ilai zu der entlegenen Ecke des Saals ging und erstaunt auf den Wald von Kerzen blickte. Die ausgestreckte Hand eines der Engel, aus der eine besonders hohe Kerze emporragte, die in einer Eisenblume in der Form einer Fackel steckte, zeigte auf einen hölzernen Wandschirm, der eine am Ende des Saals versteckte Öffnung zu beschützen schien. Hinter dem Wandschirm flackerte ein zerstreutes, scheinbar träges Licht aus einer nicht allzu großen vergitterten Nische. In ihrer Mitte stand ein schwarzer Grabstein, auf den eine lange Inschrift, ein Schädel und ein Kranz gemeißelt waren.

Huna Ilai berührte die breiten, engen Gitterstäbe und näherte ihnen sein Gesicht, um das Innere der Nische besser zu sehen und womöglich die Schrift zu entziffern. Kaum hatten sich seine Augen an das gestreute, ein wenig verrauchte Licht gewöhnt, da vernahm er ein Kratzen und Schnaufen aus einer Öffnung in der Nischenwand. Ein kleines Holzgitter bewegte sich leicht. Das Kratzen und Pochen wurde stärker, das Schnaufen krächzender und heiserer, und plötzlich fiel das Holzgitter zu Boden. In die Nische hüpfte das Eichkätzchen Cauda.

Alles Blut wich aus Huna Ilais Gesicht, sein Atem stockte,

und er stand leblos, die Lähmung all seiner Glieder spürend: Cauda? dachte er. Vielleicht ist es ein anderes Eichkätzchen? Doch an dem Silberband, das das Tierchen um seinen Hals trug, erkannte Huna Ilai, daß vor ihm, auf einem schwarzen Grabstein, das Eichkätzchen Cauda stand, das seine Pfötchen in seiner flehenden Geste reckte und blind und verloren aussah wie Huna Ilais Volk in Mohn. Es trippelte und hüpfte auf dem Grabstein auf und nieder und gab kurze, erstickte Laute von sich. Plötzlich sprang Cauda von der Grabplatte und reichte Huna Ilai, dem es zugetan war, sein Pfötchen. Huna Ilai streichelte das Eichkätzchen und sah, daß das Eisengitter zu eng war, um Cauda aus der Nische zu befreien.

Cauda hüpfte an den Gitterstäben entlang und versuchte einen Platz zu finden, um sich hindurchzuzwängen.

Das Gitter ist zu eng, Cauda, flüsterte Huna Ilai.

Dieser Gedanke schien seine Erstarrung zu lösen. Er begriff blitzartig, daß er nicht zeigen durfte, daß er das Eichkätzchen entdeckt hatte, denn womöglich beobachtete man sie aus einer der Seitenpforten. Und wenn Cauda hier war, war gewiß auch Gerlinda im Kloster.

Mit knappen Schritten näherte sich Huna Ilai Hinz, verzog sein Gesicht zu einem Lächeln und hütete sich, den Kopf zu drehen. Er erzählte ihm von Cauda und berichtete, daß sie in eine schreckliche Falle geraten waren. Uls hastiger Aufbruch zeige, daß er der Mann sei, der sie in einen Hinterhalt gelockt hatte.

Der verfluchte Arzt, antwortete Hinz Bartsch, das Gesicht leichenblaß, der Doktor Celte ist der Mann, Huna Ilai, er ist der Mann! Wie oft habe ich dich vor ihm gewarnt. Er ist der Mann!

Huna Ilai hätte schwören können, daß er eine Träne sah, die auf Bartschs Wange kullerte. Etwas Seltsames, Furchterregendes, das Huna Ilai nie zuvor gesehen hatte, tauchte in einer kleinen Zuckung seiner Oberlippe auf, und nur an der Schläfe blieb die Blässe zurück.

Unverzüglich berichtete Hinz Bartsch Herrn von Wittmar von der Falle. Jener antwortete wie unbeteiligt: Wenn dem so ist, ist wohl dies der Grund, weshalb man uns die Waffen wegnehmen wollte. Und zu Hinzes Erstaunen fügte er hinzu: Um Mönch zu werden, muß man gerissen sein, denn ihrem Gott zu dienen ist kein leichtes Unterfangen!

Hinz Bartsch erwiderte, daß er nicht der Meinung sei, der Doktor Celte habe einen Bund mit den Mönchen geschlossen, um sie aus dem Weg zu räumen.

Herr von Wittmar antwortete, daß die Tür, durch die man in den Saal gelangte, recht eng war. Wenn die Verschwörer – seien es nun Mönche oder Geister – wenige waren, würde man für ihre Seelen nicht mal mehr eine Kerze anzünden müssen, denn es ließen schon genug brennende Kerzen ihren Rauch um sie herum aufsteigen.

Er befahl seinen beiden Männern, sich ohne Eile vor die Tür zu stellen, und seinem Wächter (der mit einer kurzen, aber starken Armbrust bewaffnet war), sich zu der Wand gegenüber der Tür zu begeben.

Celte? Ein sündiger Mönch, ein Wüstling und ein gieriger Arzt mit einem Kasten voller Essenzen, verschwört sich gegen mich? fragte Herr von Wittmar. Wegen der wenigen Arbeit, Hinz, die ich dir in der Burg gab, bist du nicht mehr recht bei Sinnen.

Huna Ilai fühlte sich ratlos wie stets, wenn er das, was um ihn geschah, die wandelnden Seelen der Menschen, nicht begriff. Herr von Wittmar, der wegen seines Argwohns ob der Ränke, die um ihn geschmiedet worden waren, schier den Verstand verloren hatte, war nun ruhig und gelassen, ja nahezu heiter.

Hinz Bartsch legte den Arm um Huna Ilais Schultern und führte ihn zu der Nische, um zu überprüfen, ob man die Gitterstäbe auseinanderbiegen und sich durch die Öffnung zwängen konnte.

Als er vor der Nische stand, strengte Huna Ilai seinen Blick an, aber er konnte das Eichkätzchen nicht mehr finden. Cauda war wie vom Erdboden verschluckt. Das Holzgitter lag blutbefleckt auf dem Boden. Vielleicht hat sich das Eichkätzchen durch seine Sprünge verletzt, sagte Huna Ilai mit zunehmender Unruhe zu Hinz. Der versuchte, einen der eisernen Gitterstäbe, der älter und rostiger aussah, zu biegen. Doch es wollte ihm nicht gelingen. Das ganze Gitter öffnete sich aber ein wenig wie eine Tür, als Bartsch dagegen drückte, und Huna Ilai konnte durch den engen Spalt schlüpfen.

Vergebens versuchten beide gemeinsam, den Spalt zu vergrößern, bis Hinz Bartsch seufzte und sagte: Lauf los!

Huna Ilai sah ihn an, griff nach seiner Hand und lief sogleich auf die Luke zu, die vordem mit dem Holzgitter verschlossen gewesen war, und krabbelte hinein.

Nur ein einziger Lichtstrahl erreichte ihn von der Seite des Saals, während um ihn herum Dunkelheit herrschte, als befände er sich in einem Schlot. Er tastete sich mit den Händen vor und versuchte, einen Ausgang zu finden. Als er aber nichts sah, wurde er von heftiger Angst ob des geschlossenen Ortes gepackt. Huna Ilai fürchtete diese Ängste über alles, denn er kannte ihre lähmende Kraft. Darum schloß er die Augen und atmete langsam und regelmäßig. Just in diesem Moment spürte er einen Schlag gegen die Brust und die Berührung eines Schnäuzchens an seinem Ohr – Cauda sprang ihn an, setzte sich auf seine linke Schulter und ließ seine abgehackten Laute hören. Huna Ilai drehte den Kopf. Dort, wo das Eichkätzchen hergekommen war, bemerkte er ein noch dunkleres Quadrat in der Finsternis. Mit einem Satz und geschlossenen Augen sprang er darauf zu.

Ein schmaler Lichtstreifen erschien wie mit einem scharfen Gegenstand geritzt. Huna Ilai schlängelte sich vorwärts und fand sich vor einer niedrigen Luke wieder, die wie für einen Hund gemacht war.

Gerlinda ist im Kloster, durchfuhr es ihn, und die Angst schnürte ihm sein Herz ab. Er öffnete die Luke und trat hinaus in die Sonne. Lange prägte er sich ihren Standort ein, als plötzlich ein Riegel zufiel und die Luke versperrte. Huna Ilais Haare sträubten sich, als er daran dachte, daß der Riegel hätte gleiten und ihn einsperren können, als er noch in dem engen, dunklen Schlot steckte.

Er befand sich nun in einem langen Korridor. Das Eichkätzchen setzte sich in Bewegung, und Huna Ilai jagte ihm nach, bis Cauda vor einer breiten Holztür stehenblieb. Mit zittrigen Händen hob Huna Ilai den Riegel an und öffnete die Tür – Gerlinda saß vor ihm, das Haar zerzaust, das Gesicht von Tränen naß. Sie umarmte und küßte ihn. Alsbald verließen sie die Klosterzelle, in die man Gerlinda gesperrt hatte, und gingen zu einer etwa zehn Schritte entfernten Zelle. Gerlinda schloß die Tür und führte Huna Ilai zum Fenster. Unten im Innenhof warteten circa hundert Soldaten. Huna Ilais Herz pochte plötzlich in seiner Brust, als er solch eine stattliche Anzahl bewaffneter Männer sah. Lange schaute er sie an und erkannte den Wächter mit dem verbundenen Haupt und jenen Irren, der behauptet hatte, der Teufel sei es, der den Aposteln die Evangelien eingab. Auch den bärtigen, handamputierten Kerl mit dem großen Eisenkreuz konnte er erkennen. Es war dieselbe armselige Soldatengruppe, auf die sie unterwegs gestoßen waren und die jemand angeworben und ins Kloster gebracht hatte.

Mein Vater ist der Verräter, sagte Gerlinda. Nachdem ihr

aufgebrochen seid, hat sich Tranquillo, in der Meinung, daß ich eingeweiht sei, verraten. Er war meinem Vater einmal heimlich bei einer seiner Machenschaften behilflich gewesen. Mein Vater ist der Kundschafter eines schaurigen Bundes, den man die Feme nennt, eines geheimen, mächtigen Gerichts. Die Herren von der Feme hegen die Absicht, den Herrn von Wittmar zu richten und zum Tode zu verurteilen und das Urteil noch an diesem Morgen zu vollstrecken. Ihr werdet alle sterben. Dieses Heer hier wird euch niederstrecken, euch alle, Mann für Mann. Die Herren von dem Femegericht wollen es nicht zulassen, daß die Trutz länger existiert, und sie lehnen es ab, daß Herr von Wittmar erneut zum hohen Adel zählt. Tranquillo sagte, von dem Augenblick an, in dem der Ritter von Wittmar dem Vertrauten eines der Fürsten gebeichtet hatte, daß er einen anderen Weg einschlagen wollte, begann er Einladungen von Femegerichten zu erhalten, die von den verschiedenen Vorsitzenden unterzeichnet waren. Diese nennt man Freigrafen, und an ihren Namen ersah der Ritter, daß seine Feinde ihm niemals vergeben würden und allein seinen Tod wünschten. Zwar wurde ihm in den Einladungen im Namen von Fürsten und Erzbischöfen freies Geleit versprochen, aber der Ritter glaubte den Versprechen nicht und fürchtete auch nicht die Drohungen, die am Ende der Schreiben ausgedrückt wurden, falls er nicht vor dem Gericht erscheinen würde. Darum, so erzählte Tranquillo, habe man ihm eine Falle gestellt, berichtete Gerlinda.

Und warum wurde dein Vater zu einem Instrument in den Händen der Feme? fragte Huna Ilai.

Gerlinda sah ihn an und sagte zaudernd und verlegen, daß sie die Gründe nicht kenne. Doch es sei denkbar, daß der Haß ihres Vaters auf all diejenigen, die ihn verletzt hatten, es gewesen sei, der ihn dazu trieb, sich mit mächtigen

Menschen zu verbünden, die im Geheimen wirken; vielleicht fühlte er sich von einem Leben in Saus und Braus und dem vielen Geld angezogen, das man ihm laut Tranquillo zugesagt hatte. Er hatte schließlich einmal in einem Kloster gelebt und seine Gelübde gebrochen, sagte sie, und wer einmal einen Verrat begeht, der wird immer verraten. Ich habe mich sogleich aufgemacht, um euch zu warnen. Ich erreichte das Kloster vor euch, in den Kleidern einer Bäuerin. Aber ein unbekannter Mann hat mich in jene Zelle gesperrt. Es gelang mir nur, Cauda durch das Fenster zu schleusen.

Gerlinda fand einen Wasserkrug, und mit ihrem Tuch wischte sie das Blut von der verletzten Pfote des Eichkätzchens, das bei allem, was ihm geschah, frohgemut schien. Es gab seine Laute von sich und atmete hastig, als ob es nach Luft schnappte.

Du mußt den Gang unter dem Kloster finden, der zu den Hügeln führt, von denen wir gekommen sind. Mit deinem Spiegel mußt du dann einen Sonnenstrahl zu unserem Mann schicken, der am Gipfel des Hügels steht. Dann verstecke dich nah beim Eingang und kehre nicht hierher zurück. Ich werde zu dir stoßen, sobald ich kann. Ich werde dich nun zu den Stufen begleiten. Jede Minute ist kostbar. So sagte Huna Ilai, der sein Schwert aus der Scheide zog und in seiner Linken einen großen Dolch hielt. Doch wenn du das Kloster nicht verlassen kannst, kehre in deine Zelle zurück und laß in der Nacht eine Lampe am Fenster brennen. So werde ich wissen, daß du dort weilst. Wenn man dich an anderer Stelle festhalten sollte, sage, daß du deine Sachen holen willst, die du in der Zelle gelassen hast, und schreib mir eine Nachricht. Teile mir mit, wohin man dich bringt, und versteck die Nachricht unter dem Kruzifix über der Bettstatt.

Der Gang war leer wie zuvor. Zu beiden Seiten lagen die

Türen der Mönchsklausen, aber in der Biegung dahinter befand sich das Treppenhaus. Stimmen waren zu hören, und Huna Ilai sah zwei Mönche, die sich über die niedrigen Brüstungen lehnten und den Soldaten zuschauten. Er forderte Gerlinda auf, sich zu sputen, die Stufen hinabzusteigen bis zu der niedrigsten Stelle und den Durchgang zum Flußbett zu suchen. Gerlinda schmiegte sich an ihn, Huna Ilai küßte ihr Haupt, und sie lief zu den Stufen.

Das Pochen ihrer Schuhe erregte die Aufmerksamkeit der beiden Mönche, die neben dem Fenster standen. Die beiden drehten überrascht die Köpfe, und wie in einem nächtlichen Traum sah Huna Ilai von Angesicht zu Angesicht den Kopf des Bruders Bernold, seine funkelnden Augen, seine schwarzen Lippen. Huna Ilai schaute sich nach Gerlinda um, die nicht mehr zu sehen war. Nicht einmal ihre Schritte waren mehr zu hören. So sagte sich Huna Ilai tief in seinem Innern: Wenn Bruder Bernold, der Erzfeind, jetzt auf ihn zukäme, würde er ihn mit einem Hieb töten. Würde er sich jedoch von ihm abwenden und sich entfernen, würde er ihn zunächst gewähren lassen und all seine Kräfte daransetzen, Bartsch und die Leute der Trutz zu retten und es dem verräterischen Arzt heimzuzahlen.

Alsbald, als ob ein Wunsch in Erfüllung ging, gingen die beiden Mönche davon, und auch Huna Ilai machte Anstalten, die Stufen hinabzusteigen.

In eben jenem Augenblick war das Läuten der Glocken zu hören. Ihr lauter Klang ließ Huna Ilais Nackenhaare sich sträuben. Er drehte den Kopf und sah den Bruder Bernold und den zweiten Mönch, die wiederum stehenblieben und Worte und Gelächter austauschten, die aus der Entfernung zu verwobenen Fetzen wurden und sich mit dem Schall der Glocken mischten. Urplötzlich rannte Huna Ilai auf die beiden Mönche los, die seine Schritte wegen des Glockengeläuts und ihres lautstarken, heiteren Dialogs nicht hörten.

Sie drehten die Köpfe: Ein Räuber, dessen lange Locken ihm auf die Schultern fielen, in einem zerrissenen Fell und schäbigem Leder, stand vor ihnen, sein langes Schwert hoch erhoben und einen Dolch in der Linken.

Mein Name ist Huna Ilai Brandin aus Mohn, sagte er. Wegen dir und deines ruchlosen Bruders wurden meine Familie und meine Gemeinde – sollen sie in Frieden ruhen – vor fünf Jahren abgeschlachtet und in den Flammen verbrannt. Knie nieder! Knie nieder, du Schuft!

Huna Ilai hatte nur Augen für Bruder Bernold und nahm den zweiten Mönch nicht einmal aus dem Augenwinkel wahr. Doch jener – ob aus jäher Angst oder aus Verwirrung und Bestürzung – stieß einen lauten Schrei aus und hob das Buch, das er in Händen hielt. Als dieses Buch vor Huna Ilais Augen erschien, schlug er den Mönch mit dem Heft seines Dolches nieder. Der Mönch, der nah bei dem niedrigen Geländer stand, stürzte in den Hof des Klosters hinab, zwischen die Schar der dort sitzenden Soldaten. Laute Stimmen und Waffenklirren erhoben sich im selben Augenblick.

Huna Ilai reichte Bruder Bernold die Klinge des Schwertes: Küß das Schwert und bitte deinen Gott um Vergebung für deine große Sünde, sagte er.

Doch Bruder Bernold ließ den Kopf sinken und schwieg. Nur seine schwarzen Lippen bewegten sich leise. Seine Hände zitterten.

Hast du dein Gebet beendet? fragte Huna Ilai.

Der Mönch antwortete ihm mit einem Kopfnicken.

Ohne zu zögern ließ Huna Ilai ihm sein Schwert in den Nacken tauchen und schaute nun auf seinen Todfeind, der leblos dalag. Da Bruder Bernold auf sein Gesicht gefallen war, waren nur sein Rücken und seine Beine zu sehen, die in seltsamer Form verschränkt waren. Eine Blutlache breitete sich allmählich aus, bis sie die rechtwinklige Kante der polierten Steinfliese durchbrach. Müdigkeit machte sich in Huna Ilais Leib breit, seine Brust schien durchsichtig wie Luft. Er streckte die Hand aus, um Bruder Bernolds Kopf zu berühren und dessen Gesicht zu sehen, aber seine Hand fuhr zurück, als sei sie schwerelos.

Huna Ilai lief den Weg erneut, den er vordem mit Cauda auf der Schulter zurückgelegt hatte. Den Gedanken an Gerlinda verscheuchte er sogleich wieder. Bis Huna Ilai die Luke fand, die zu dem engen Durchgang führte, der ihm vorher wie ein Schlot erschienen war. Das erste, was seine Augen sahen, war die Leiche von Udo von Wittmars Wächter. Es war offenkundig, daß es ihm nicht einmal gelungen war, seine Armbrust auch nur zu spannen. Daneben lagen die beiden Leichen von Uls Männern. Huna Ilai schien es, daß nun allenthalben noch mehr Kerzen brannten und der Geruch von Weihrauch sich mit dem dünnen Rauch der Kerzen verband.

In der Ecke des Saals stand jetzt ein mit einem weißen Tuch bedeckter Tisch. Darauf lag ein langes, entblößtes Schwert ohne Scheide. Hinter dem Tisch saßen drei prunkvoll gekleidete Herren; an ihrer Seite Doktor Celte; und vor ihnen, mit dicken Seilen an einen hohen Lehnstuhl gefesselt, der von Wittmar. Einer der Herren hielt einen Bogen in seinen Händen und las mit eintöniger Stimme daraus vor. Dieser Mann war kein anderer als der schlaksige Mönch, der sie am Flußbett empfangen hatte. Hinter ihm, auf einem schwarzen, altmodischen Holzgestell, stand ein gewaltiges Bild, vom Schein besonders hoher Kerzen erleuchtet, auf dem der Tag des Jüngsten Gerichts dargestellt war: In der Bildmitte hob Jesus seine Hand, neben ihm stand seine Mutter in einem blauen Gewand, und über dem Heiland waren seine Apostel und eine Anzahl Heilige zu sehen. Unter ihm Sünder und haarige Dämonen mit langen Ohren, die kichernd zwischen den Feuerflammen und den Folterinstrumenten hin und her rannten. Vergeblich suchte Huna Ilai nach Hinz. Bis auf die Männer am Tisch und auf den Herrn von Wittmar war keine Menschenseele im Saal, und nur vor einem hohen Fenster, das vorher nicht zu sehen gewesen war und sich in beträchtlicher Entfernung vom Tisch befand, drängten sich Dutzende von Soldaten.

Eine Gerichtsverhandlung der furchtbaren Feme! durchfuhr es Huna Ilai.

Er schätzte die Entfernung zwischen sich und Celte, dem Verräter, doch wußte er, daß er diesen unmöglich treffen konnte, selbst wenn es ihm gelungen wäre, sich durch das Gitter zu zwängen. So kroch er zurück zu dem Schlot.

Erst, als er zusammengekauert vor der wie für einen Hund gemachten Luke saß, durchschoß ihn ein Gedanke wie eine plötzliche Woge Blut: Da er an Bruder Bernold Rache geübt hatte, hatte er Gerlinda unwiderruflich verloren und über Hinz Bartsch das Todesurteil verhängt. Huna Ilai dachte in jenem Moment nicht an sich selbst, doch wenn eine Stimme ihn gefragt hätte, was ihn erwartete, hätte er geantwortet, daß auch sein eigenes Schicksal längst besiegelt war. Er vergrub sein Gesicht in seinen Händen, denn aus all seinen Jahren in der Trutz wußte er: Als die Schreie der Soldaten im Hof ertönten, wurden schleunigst Männer zu allen Toren, Türen und Gängen des Klosters ausgeschickt. Gerlinda befand sich wohl längst in ihrer Gewalt. Schon längst folterten sie Hinz Bartsch. Und schon längst war der lange Ul nicht mehr am Leben. Huna Ilais Unruhe wurde so stark, daß er nicht einmal in den Gang hinausgehen oder nachdenken konnte, was zu tun war und wie er sich zu verhalten hatte.

Der Geruch von Weihrauch, der aus dem Gerichtssaal drang, rief ihm das kleine, verfallene Gebetshaus der Trutz in Erinnerung, in das er sich hin und wieder zurückgezogen hatte. Es war von Feuersbrünsten rußig, das Weihwasserbecken bei seinem Portal zerstört, das Kruzifix einer zerbrochenen Scheibe zugeneigt. Einer der Männer des Raubritters kam dennoch gelegentlich vorbei, um Weihrauch zu entzünden und zu beten. Doch das geschah selten, und Huna Ilai war ihm nie begegnet. Er selbst kam nur zu der verfallenen Kapelle, weil auf einer ihrer Wände die Jungfrau abgebildet war. In ihren Armen hielt sie den Säugling, der seinen Kopf zu ihrer Brust drehte, als zögerte er, ob er saugen oder seinen lockigen Kopf in den Schoß der Mutter betten sollte. Viele Stunden lang pflegte Huna Ilai die Mutter und ihren Sohn anzuschauen. Obgleich er das Gesicht der Frau nicht mochte, da es so anders war als das weiche, schüchterne Antlitz seiner Mutter und als die Gesichter der Frauen, an die er sich aus seiner Kindheit erinnerte, und obwohl der Säugling Mitleid vermischt mit Schmerz und Feindschaft in ihm erweckte, betrachtete er das Bild lange, als wartete er darauf, daß die Erscheinung zu Leben erwachen, die Frau ihre Hand bewegen und dem Säugling etwas ins Ohr flüstern würde. Eines Tages begleitete ihn Hinz Bartsch zu der Kapelle, als er zwischen den zerbrochenen Bänken und den verbrannten Prozessionsfahnen, die aus dem Schrank gefallen waren (der fast ganz in der Erde vergraben war), eine Armenkasse fand, auf die der heilige Martin mit der Hälfte des Mantels in der Hand geprägt war. Seit jenem Tag gesellte sich Hinz manchmal zu ihm ...

Es war Ul, der einmal betrunken über die Femegerichte gesagt hatte: Das Urteil der Feme ist wie das Gottesurteil selbst, wenn der Verurteilte keinen einzigen Fürsprecher hat – nicht die gnadenvolle Mutter Gottes, nicht die Heiligen und nicht die Engel. Keiner kommt davon. Vor dem Zorn des Gerichts gerettet zu werden ist wie einem Drachen mit drei feuerspeienden Köpfen zu entkommen. Nur im Märchen passieren solche Wunder.

Bist du je einem der Herren Richter von Angesicht zu Angesicht begegnet? fragte ihn Huna Ilai.

Ich? wunderte sich Ul. Ein Geringer wie ich? Schließlich sind wir im Vergleich zu ihnen ein Nichts, Huna Ilai, ein Nichts.

Huna Ilai holte das verborgene Psalmenbuch, das in seinen Samt- und Seidensäcklein gehüllt war, aus seinem Schoß und betrachtete es: Seine Winzigkeit und die blauen Flecken auf den Ecken der Seiten erweckten in ihm nicht länger Sanftmut, Neugier und brennende Sehnsucht, sondern eine Gleichgültigkeit, die ihn erstaunte. Er blätterte langsam in dem Büchlein, ohne die ein wenig verklebten Seiten zu trennen, wie er es gewöhnlich tat, und ließ den Einband auf die letzte Seite fallen und über ihr zuklappen.

14

Wie in nächtlichen Phantasien, wenn die Dinge durch die beschämende Weisheit des Traumes klar sind, sinnierte Huna Ilai darüber nach, wie er das Loch verlassen konnte, in dem er wie ein verwundetes Tier lag. Denn bevor er seine Seele aushauchen würde, mußte er jeden töten, der ihm im Wege stand. Er mußte Glieder abhacken und Blut vergießen. Doktor Celte? Seine

Worte, seine Bücher, seine Skizzenblätter und Noten waren nichts als glitzernde Schuppen einer Schlange.

Deine Worte sind in mein Herz gekerbt, werter Celte, dachte er. Ich weiß noch um den Ursprung des lateinischen Wortes *monstrum*, der in dem Wort »mahnen« liegt. Ein *monstrum* ist die Mahnung Gottes an die Menschen, ein Zwischenwesen, das ein Omen und ein Zeichen ist, ein Alptraum, der urplötzlich Gestalt annimmt. Du, du bist die Mahnung, doch ich verstehe sie nicht ...

Huna Ilai wußte, daß er Doktor Celte nicht im geringsten verstanden hatte. Auch nicht Herrn von Wittmar. Obwohl Udo von Wittmar beim Anblick de Dignemonts und angesichts dessen Wortgewandtheit und Harmonie der Gebärden tief beeindruckt war, hatte er die Möglichkeit bezweifelt, daß Herr de Dignemont die Herzen des deutschen Adels und dessen Hilfe für seine Belange, die ihn hergeführt hatten, gewinnen könnte; nicht einmal für bescheidenere Forderungen: nicht einmal für einen heiligen Kreuzzug gegen die Türken. Der Raubritter hatte de Dignemont zu bedenken gegeben, daß die Großen der christlichen Welt nur eine Niederlage auf dem Schlachtfeld aufrütteln würde, um gegen die muselmanischen Ketzer zu Felde zu ziehen. Nur durch Zwang oder List sind die Menschen bereit, sich eine Bürde aufzuladen, sei es die Bürde des Henkers oder die des Opfers, des Jägers oder des Gejagten, des Siegers oder des Besiegten.

Herr von Wittmar wollte Herrn de Dignemont das Abrichten eines jungen Falken in Erinnerung rufen, dem man den Kopf für ein paar Tage mit einer Haube bedeckte, kaum daß er aus dem Nest geholt wurde. Man zog sie nur ab, um ihn zu füttern. Man brachte ihm einen bestimmten Lockruf bei, an dem er seinen Falkner erkannte. Auch wenn der Falke sich an das Zeichen gewöhnt hatte, bedeckte man seinen Kopf erneut mit einer schwarzen Kappe, wenn man ihn lehrte, vom Stock auf dem Handschuh zu landen.

Eine lange Zeit vergeht, werter Herr de Dignemont, sagte der von Wittmar, eine lange Zeit, bis der Falke gelernt hat, auf den Ruf des Falkners herbeizueilen. Erst dann beginnt man mit dem eigentlichen Abrichten: Ein künstlicher Vogel aus Leder und Federn wird in die Höhe geworfen, und erst wenn der Falke diese Arbeit beherrscht, bringt man ihm bei, lebendes Gefieder zu jagen. Gewöhnlich – so war es zumindest im Schloß meiner Väter üblich – benutzt man eine Ente, deren Kopf man ebenfalls mit einer Haube bedeckt, damit sie beim Anblick des Raubvogels nicht die Flucht ergreift. Es war meine Aufgabe, werter Herr de Dignemont, sagte er, die Köpfe vieler Enten zu verhüllen. Darum vergaß ich kein Detail dieses Vorgangs. Eine Haube für den Falken und eine Haube für die Ente. Nur Blindheit und Zwang halfen – nicht die Voraussicht auf die Zukunft und die Obliegenheit des Herzens.

Herr de Dignemont war höchst entzückt über die Worte des Herrn von Wittmar, obgleich sein Herz sich mit Trauer füllte.

Ein anderer Durst, nicht weniger hypnotisierend als der, jeden zu morden, der ihm in die Quere kam, befiel Huna Ilai. Auch dies war ein leibhaftiger, allwissender Durst, der Durst nach Kapitulation, Verzicht und Hingabe: blind und hilflos zu sein und von einem Hirtenmädchen an der Hand genommen und geführt zu werden, wenn allein die Sterne des Himmels um seine Tat wissen, die sieben Sterne der Hyaden, von denen die Kinder sagten, daß es die sieben Augen Gottes seien, die über die Lande ziehen.

Huna Ilai nahm die Hände vom Gesicht und dachte: Ich werde nun hinauskriechen und hinaufgehen, um zu sehen, was hier vor sich geht, wo meine Geliebte ist und mein lieber

Hinz Bartsch. Und als kämpfe er gegen einen heftigen Wind an, gelang es Huna Ilai, den Zugang zu der engen Wendeltreppe zu finden, die zum Glockenturm führte. Dort stand er, ohne den Turm selbst zu besteigen, sah sich um und wunderte sich, daß er von den Soldaten nicht gesehen wurde, als sei er unsichtbar. Er schaute nach den höchsten Hügeln, nach der Reihe Tannen, die ihm zuvor wie die Wächter eines Lagers erschienen waren und deren Wipfel sich nun im Weiß des Himmels blau färbten. Und er schaute auf den dunkleren Kiefernwald im Tal. Der Reiter stand nicht mehr auf dem Hügel ... War er getötet oder gefangengenommen worden, oder hatte er die Falle erkannt und war zur Festung galoppiert? Hieß dies, daß es Gerlinda gelungen war, ihm mit dem Spiegel ein Zeichen zu geben?

Huna Ilai war bewußt, daß es besser war, sich in dem Kloster, das von den Schritten der Soldaten und ihren Stimmen hallte, zu verbergen, bis es dunkelte, und erst dann hinauszugehen, um nach Hinz Bartsch und dem langen Ul zu suchen – falls sie überhaupt noch am Leben waren. Er wollte wieder in das Loch kriechen, doch er fürchtete, darin lebendig begraben zu werden, wenn sich die Tür diesmal ein für allemal schließen würde. Darum verbarg er sich in einem Kämmerlein, in dem alte Töpfe standen, voller Spinnweben und grün vom Alter. Er summte sich das Wiegenlied, das ihm seine Mutter vorgesungen hatte: Ein Lied über ein Windrad, das sich mit aller Kraft dem Wind widersetzte und der Bö des Südwindes und auch dem Westwind und sogar dem Ostwind standhalten konnte, doch das der hartnäckige Nordwind schließlich bezwang, so daß es aufgab und sich dazu herabließ, sich zu drehen.

Tränen tropften auf seine Wangen und schlängelten sich in seine Mundwinkel, bis er sie verschluckte. Plötzlich fing Huna Ilai laut zu schluchzen an, ein Weinen, das seinen ganzen

Leib schüttelte, bitterlicher und bitterlicher wurde, bis er einen spitzen Schmerz verspürte, der seine Brust und seinen Bauch durchhieb. Er rang nach Luft und brachte ein Röcheln heraus, von dem er nicht geahnt hatte, daß es je seinem Mund entfahren könnte, und es verging eine ganze Weile, bis sich sein Wimmern legte und die Tränen versiegten.

Glockenläuten weckte ihn aus tiefem Schlaf. Sogleich stieg Huna Ilai die Stufen hinauf und trat auf das Dach hinaus, das in diesem Teil des Klosters recht niedrig war. Er schaute auf die Fenster des Ostflügels, doch in keinem von ihnen brannte Licht. Aus dem Glockenturm drang noch immer ein sanfter Klang. Huna Ilai hob seine Augen zum Himmel: Das nächtliche Firmament war voller Sterne. Er wartete. Keine Sternschnuppe war zu sehen, doch er fand die Sterne der Hyaden, an die er zuvor gedacht hatte, und ein Zittern durchfuhr ihn, wie in seiner Kindheit, wenn er auf dem Dach seines Elternhauses in Mohn lag und die sieben Sterne betrachtete.

Man kann nicht zwei Missionen auf einmal erfüllen: Du kannst nicht Bruder Bernold töten und ein glückliches Leben an der Seite deiner Herzallerliebsten führen, Huna Ilai.

Sein Zittern weckte ihn vollends, und er stieg hinab zu dem engen Geländer unter den Fenstern, um in Gerlindas Zelle zu schauen. Doch als er das Fenster erreichte, fand er es aufgerissen und die Zelle leer. Gerlindas Kleiderbündel war von dem Schemel neben der Bettstatt verschwunden. Zitternd glitt Huna Ilais Hand unter das Kruzifix und zog ein gefaltetes, gar ein wenig feuchtes Papier hervor – als ob Gerlinda es ein Weilchen im Mund getragen hatte! Im blassen Schein einer Öllampe las er: Hinz starb beim Brunnen. Von Wittmar wird in der Morgenröte erhängt. Mich bringt man zum Haus meiner Großmutter.

Huna Ilai küßte das Papier. Es fiel ihm ein, was Gerlinda ihm über das Haus ihrer Großmutter erzählt hatte, und obgleich er sich nicht sicher war, könnte es ihm vielleicht gelingen, noch vor dem Morgengrauen aus dem Kloster zu fliehen. Aber wenn er Celte den Sieg überlassen würde, würde er sich sein Leben lang verächtlich und wertlos fühlen. Er dachte an das schmale, weise Lächeln des Arztes; an seine wunderlichen Worte; an seine Güte und Großzügigkeit, die nichts weiter als List waren; an seine scheelen Blicke; an sein winziges, spöttisches Lächeln; an seine ihm entgegengebrachte Verachtung; an seinen Verrat an allen aus dem Räuberlager, mit denen er geritten war; und an seinen Haß auf Huna Ilai, weil er das Herz seiner Tochter gewonnen hatte.

An der Zellentür hing eine Mönchskutte. Huna streifte seine Kleider ab und zog sie an.

Zunächst mußte er zum Brunnen und sich mit eigenen Augen davon überzeugen, daß Hinz nicht mehr am Leben war. Er wandte sich der Klosterkirche zu, in deren Kreuzgang er vielleicht den Brunnen finden würde, wie es der Anordnung der Kapelle in der Festung entsprach. Ein Seitenportal war offen. Huna Ilai trat ein und schlich barfuß über den Steinboden. Nur eine oder zwei Lampen brannten in der Kirche, und ein paar Kerzenstummel spendeten qualmend noch ein wenig Licht. Huna Ilai fand eine Tür, die zum Garten führte, und öffnete sie rasch. Das Rascheln von Blättern und das Plätschern von Wasser drangen an sein Ohr. Im gleißenden Mondschein sah er die Eisengeländer des Brunnens in der Mitte des Gartens.

Obgleich Huna Ilai seine Ohren spitzte, konnte er keine menschliche Stimme hören. Nichts regte sich im Garten, bis auf das Laub der Sträucher und Bäume. Ganz langsam näherte er sich dem Brunnen und schickte sich an, ihn zu umkreisen. Da sah er Hinz Bartsch, der an den Brunnen gelehnt war. Sein Körper war von Wunden übersät und über und über mit Blut besudelt. Er sah aus wie ein Wolf, der die Dorfkinder überfallen hatte und gegen den die Bauern losgezogen waren, um ihn zu fassen und mit Sensen- und Axthieben Rache an ihm zu üben. Er hatte es seinen Mördern nicht leicht gemacht.

Huna Ilai dachte daran, Hinz Bartschs Gesicht ein wenig zu waschen und ihn wenn möglich im Laufe der Nacht auf dem Klosterfriedhof zu begraben – in heiliger Erde, in der begraben zu werden dem Henker wohl niemals das Glück zuteil geworden wäre. Er säuberte dem Toten Gesicht, Hals und Hände und begab sich in die Kirche, zog ein seidenes, mit zarter, kostbarer Stickerei geschmücktes Tuch von einem langen Altar und kehrte zum Brunnen zurück.

Allmählich brach der Morgen an. Huna Ilai begann, Hinz Bartschs Schwert zu suchen, das Erbstück seiner Familie, doch er fand es nicht. Gewiß hatte es einer der Soldaten als Andenken mitgenommen; das Schwert des Henkers brachte jedem Menschen Glück, nur nicht dem Henker und seinen Opfern. Hinzes Seele war aus ihrem Kerker befreit worden. Huna Ilai wickelte den Leichnam in das mit Gold- und Silberfäden durchwirkte Seidentuch und schleppte ihn aus dem Garten. Er dachte an den kleinen Gottesacker des Klosters ... an den Hühnerstall ... an das umfriedete Stück Land mit den gescheckten Steinen ... an die reinen Wege.

Hinz Bartschs Leichnam wog schwer. Jenseits der Mauer sah Huna Ilai den Friedhof im blassen Schein des Mondes und im Licht der aufgehenden Morgenröte, doch war es nicht einfach, hinabzusteigen. Die Mauer war hoch, und Huna Ilai hatte keine Stricke. Er schimpfte auf die Klostermauern, schaute zu beiden Seiten der Brüstung, auf der er stand, und suchte nach einem Weg, als sich die Brüstung jählings mit Menschen füllte. Sie kamen auf ihn zu, Pfeile, Lanzen und Schwerter in den Händen. Zu seiner Linken, in der Mitte derer, die sich ihm näherten, erblickte er den Doktor Celte. Eine plötzliche Freude erwachte in ihm. Er legte den Leichnam auf den Boden, griff nach der Spitze seines Schwertes und reichte das Heft denen, die da kamen, während seine Linke den Dolch umschlang.

Ein Mann, in dem Huna Ilai den höchsten Richter erkannte, den Mönch, der sie empfangen hatte, als sie das Kloster betraten, hob seine Hand. Alle hielten inne. Stille legte sich über die Reihen der Soldaten. Der Mönch kam auf Huna Ilai zu und nahm das Schwert mit großer Vorsicht entgegen. Doktor Celte stand an der Seite und blickte Huna Ilai an, bis der hochgewachsene Mann Huna Ilai befahl, sich ihm anzuschließen und dicht hinter ihm herzugehen. Er selbst hielt das lange Schwert wie einer, der an Schwerter und Waffen gewohnt war.

Die jämmerlichen Soldaten schritten voran wie eine hungernde Herde Vieh. Aus seinem Augenwinkel sah Huna Ilai, wie der Arzt näher und näher kam, aufrechter als noch einen Moment zuvor, voller Selbstsicherheit und mit der ihm eigenen Leichtigkeit und guten Laune. Huna Ilai wartete auf eine Biegung des Weges und auf jenen Augenblick, in dem ihm der Mönch den Rücken kehren und der Arzt in seine Nähe kommen würde. Er betete leise, die beide mögen ihre Schritte nicht verlangsamen. Schon erkannte er unten den Wald, den Friedhof, den Hühnerstall.

Huna Ilais Lippen brannten wie von hohem Fieber: Auge um Auge!

Er sprang zurück, und mit seiner Linken rammte er den Dolch mit gewaltiger Kraft in den Arzt. Doch schon im Bruchteil einer Sekunde erkannte er, daß der Dolch an dem Lederriemen des Ranzens, den der Arzt an einem dicken

Gurt über seiner linken Körperhälfte zu tragen pflegte, abgeglitten war. Dieser Riemen war besonders breit, denn der Arzt trug in seinem Ranzen sowohl ein paar schwere Bücher als auch Schachteln mit Arzneien und Operationsinstrumente.

Doktor Celte sank zu Boden, und Huna Ilai sah sich Dutzenden von Soldaten gegenüber.

Der hochgewachsene Mann drehte ihm den Kopf zu und war mit einem Satz bei ihm: Du willst wohl wie ein Hund verrecken, wie der Henker, so soll es sein!

Einer der Soldaten zerrte den Dolch aus Huna Ilais Hand und hieb ihm auf den Kopf. Ein weiterer Soldat, dessen Schnurrbart wie die Flügel eines Schmetterlings flatterte, rammte ihm seine Lanze in den Fuß. Der Lange half dem Arzt auf die Beine und fragte ihn nach seiner Wunde, doch der beruhigte ihn freundlich, so schnell hatte er sich von der Erschütterung erholt.

Huna Ilai sah nun vor sich den roten Kiefernwald und die Tannenwächter. Auf dem Platz zwischen den gescheckten Steinen sah er eine Stute im Kreis traben, neben ihr ein Fohlen, das sie beinah berührte. An den dünnen, strauchelnden Beinen des Fohlens erkannte er, daß es vor nicht allzu langer Zeit das Licht der Welt erblickt hatte. Auch die Stute war nicht alt. Das Fohlen brachte seinen Kopf an die Flanke der Mutter. Nun hörte Huna Ilai die Stimmen aus der Stadt Mohn, hohe, heisere Stimmen, die stapfenden Schritte derer, die sich der Tür seines Elternhauses näherten, das seltsame Pochen gegen die Wand, das Brüllen, das Tosen, das Stöhnen. Er hörte das Weinen seiner Mutter und sah ihre Tränen, die auf ihre Wangen und ihren Hals rannen. An den Wänden des Ganges brannten noch die Fackeln in ihren eisernen Haltern. Der Duft eines Waldes, eines dunklen Waldweges, der Duft von Blütenstengeln, die gedankenlos am Mittag eines Sommertages gepflückt werden, drang in seine Nase. Später auch der Duft von Gerlindas Haar. Er spürte ihren Atem und das Berühren ihrer Brust an der seinen. Wassertropfen fielen, einer nach dem anderen, eintönig klopfend, ti-ti-ti-tin, einschläfernd wie die Melodie des Wiegenliedes, das ihm seine Mutter zu singen pflegte. Er drehte den Kopf, um die Tropfen zu sehen, doch er sah nichts, bis auf die Lichtstrahlen über den Feldern.

In der Ferne, im Tal, weideten alle Tiere zusammen. Graue Schafe, deren Köpfe weißer waren, lagen im Gras oder versammelten sich zu kleinen Gruppen. Kühe verließen langsam ihre Herde. Pferde beugten ihre anmutigen Köpfe. Krähen flogen durch die Lüfte und hüpften über das riesige Feld. Alle waren glücklich im Schein der jungen Sonne und der milchigen Luft. So groß war das Feld, daß alles, was das Auge anzog – Zäune, die an verschiedenen Stellen auftauchten, vereinzelte Bäume, drei oder vier im ganzen Gebiet, Wassergräben, die man nach dem dunklen Pflanzenwuchs von weitem wahrnahm – daß jede Einzelheit des Feldes im Begriff zu sein schien, im nächsten Augenblick zu verschwinden und einen Moment später wiederzukehren.

Huna Ilai bemühte sich, nur die Pferde anzusehen, die gesprenkelten Felsen, den Hühnerstall, die roten Kiefern und die Tannen, welche Wache standen. Aber er sah, wie Doktor Celte mit dem langen Kerl sprach und beide ab und zu rasche Blicke nach ihm warfen und lachten. Nun lag er ausgestreckt auf dem Boden und konnte durch das Geländer die Stämme der Bäume erkennen. Wo war das Kissen für seine Beschneidung, in das seine Mutter seinen Namen, den Tag und das Jahr und das Wort »Willkommen!« gestickt hatte. Willkommen? Willkommen im Bund unseres Vaters Abraham? Willkommen auf dieser Welt? Ich habe deinen Namen aus dem Buch der Schöpfung von Himmel und Erde gelöscht ...

Huna Ilai hob die Augen zum Himmel und sah zwischen zwei gezackten, an ihren Enden schwarzen Wolken einen tiefen, steilen Spalt, wie ein schmaler Schlitz, der mit einem Schwerthieb aufgerissen worden war.

Am Morgen richtete man den Herrn von Wittmar hin. Noch am selben Tag wurden hinter dem Hügel, von dem sie zum ersten Mal den Glockenturm gesehen hatten, Hinz Bartsch, der Henker, sowie sein Lehrling Huna Ilai Brandin begraben. Man verscharrte sie weit weg vom Kloster, um die heilige Erde nicht zu verunreinigen.

Der hochgewachsene Herr von der heiligen Feme und der Medicus verließen das Kloster auf getrennten Wegen. Der Herr von der Feme nahm das Schwert des Henkers zum Andenken mit sich, der Arzt das kleine Psalmenbuch, in dem er hin und wieder blätterte. Denn sein Herz gehörte den Sprachen, derer er nicht mächtig war.